YR AWYR YN TROI'N INC

Cystadleuaeth y Fedal Ryddiaith 2017:

Barn y beirniaid:

'Dyma gyfrol fwyaf arloesol a dewr y gystadleuaeth, yn sicr:
ai drama yw hi, neu ryddiaith, neu gerdd? ... Roedd
rheolaeth yr awdur ar ei gyfrwng yn absoliwt.'
– *Francesca Rhydderch*

'... roedd hi'n amlwg o'r cychwyn fod yma lenor a
wyddai'n union yr hyn yr oedd yn ceisio'i wneud ...Mae yna
fydoedd wedi eu crynhoi i'r storïau hyn, neuaddau mawr
rhwng cyfyng furiau. – *Gerwyn Wiliams*

'Mae rhywbeth prin i'w ganfod yn y gyfrol hon o
straeon byr iawn. Dotiais at y ffurf wahanol rywle rhwng
stori fer, llên micro a drama, sy'n cynnig lefel ffres o gynildeb
ac yn dibynnu'n bennaf ar ddeialogi ... Mae eu brawddegau
cwta a'u cynildeb ingol yn celu fflach o ddyfnder
yn y "prin-ddweud" ... – *Lleucu Roberts*

Yr Awyr yn Troi'n Inc

Martin Huws

Gwasg Carreg Gwalch

Martin Huws:

Daw Martin Huws yn wreiddiol o Gaerdydd. Mae wedi bod yn weithiwr dur, yn swyddog clerigol ac yn ofalwr shifft. Pan oedd yn newyddiadura ar y *Western Mail, Y Byd ar Bedwar* a *Week In Week Out*, enillodd wobrau Cymreig a Phrydeinig. Mae'n nofelydd ac yn fardd cadeiriol a choronog.

Argraffiad cyntaf: 2018
(h) Martin Huws

Rhif Llyfr Safonol Rhyngwladol:
978-1-84527-676-8

Cyhoeddwyd gyda chymorth Cyngor Llyfrau Cymru

Dylunio'r clawr: Anne Cakebread

Cyhoeddwyd gan Wasg Carreg Gwalch,
12 Iard yr Orsaf, Llanrwst, Dyffryn Conwy, Cymru LL26 0EH.
Ffôn: 01492 642031
e-bost: llyfrau@carreg-gwalch.cymru
lle ar y we: www.carreg-gwalch.cymru

Argraffwyd a chyhoeddwyd yng Nghymru

Diolchiadau

I Dafydd Huws am fy annog i feddwl o ddifri am sgrifennu. Ro'dd seiade uwchben peintie o lagyr Carlsberg yn ysbrydolieth.

I feirniaid y Fedal Ryddiaith 2017 – Francesca Rhydderch, Lleucu Roberts a Gerwyn Wiliams – am eu sylwadau.

I Wasg Carreg Gwalch am eu gwaith graenus.

Cynnwys

Afon fochedd

Syrffio sianeli yn y car. Glaw mân yn wa'th na glaw trwm, medd dyn y tywydd, yr un sy'n chwifio'i ddwylo o fla'n map. 'Y nwylo i'n crynu, ddim yn becso cyment am 'yn hunan. Beth ddiawl? O'r dde, car Porsche yn saethu mas, bron pwno'r bonet. 'Wy'n arafu, stopo wrth safle bws. O'dd hyn yn wir? Mynd trwy ole coch.

Cyrredd, 'u gardd ffrynt fel pin mewn papur, bathodyn hunan-barch yn Radur. Pawb bron yr un peth. Miwn trw'r drws ochor, Dad yn yr ardd gefen yn gwisgo'i gap Dai, yr haul yn rhy gryf.

– Dim cusan 'te?

– Mam?

– Lan lofft, yn lliwo'i gwallt, o leia hanner awr i fynd. Yn mynd at ddrws y gegin. – Rhian, dere, syrpréis.

Daw hi yn y man, whech deg o'd, 'i chro'n hi fel cwpan tsieina.

'Wy'n 'u hebrwng nhw i miwn i'r gegin. – Eisteddwch.

– Newyddion? hola Dad.

– Y dyn glân o Ben-tyrch? medd Mam. – Yr un yn y côr? 'Wy'n pwynto at 'y mron. – Twlpyn.

– Na, medd Mam, gan edrych ar 'i gŵr.

– Cer at y doctor, medd Dad.

– Newydd fod yn yr ysbyty.

– O! 'nghariad i, medd Mam.

– Gwyrthie heddi, medd Dad.

Ar ôl llefen, Mam yn codi'i phen. – Sori, bach, afon fochedd yn teulu ni. Fe gas hi'r un peth.

* * *

Brecwast? Dou docyn o dost, 'na i gyd – yn y gegin fach, amser yn brin. Edrych trwy'r ffenest. Siom i Dad, y whyn yn aildyfu ar ymyl y lawnt er iddo fe fynd i siop Pugh's bump o weithie. Digon o gyngor, dim byd yn lladd y drwg.

Neb ar y pafin yn Heol y Crwys (odw i'n rhy gynnar?). Rhes hir o geir yn arafu. Pwy yw hwn? Ma'n ifanc, yn fyr, fel corrach mewn panto. Heddwas ynghanol yr hewl yn pwynto i'r dde, dargyfeiriad hibo Parc y Rhath, ddim yn rhy hir, gobitho. Tr'eni alla i ddim newid cyfeiriad 'y mywyd i. Bydd yn bositif, medd Dad, ond tagfa ar y ffordd miwn i faes parcio'r ysbyty, bron pob lle'n llawn. Yn y diwedd, gwasgu rhwng dou anghenfil, cerbyde gyriant peder olwyn; prin bod lle i agor y drws.

Porthor yn y brif fynedfa.

– Ble ma'r clinig?

Heb godi'i ben, yn pwynto â'i fys. 'I lyged yn glynu at dudalen, rhestr ceffyle rasys Cheltenham. Geiff e fwy o hwyl na fi. Y coridor yn ddiddiwedd, fe ddylen i ga'l ffurflen noddi.

Wedi darllen tamed bach am y broses ond mwya o'n i'n darllen, mwya o'n i'n becso. Y nyrsys yn llawn hwyl, yn enwedig un â gwallt du o Sanclêr, yn gallu neud hyn bob munud, bob awr, bob diwrnod. Sdim byd all 'y mharatoi i ar gyfer y sesiwn. Gair diddorol. Yn y coleg, ro'dd ambell i sesh yn eger, yn enwedig pan o'dd Neuadd Pantycelyn i gyd yn rhan ohoni.

– Ma' fe yn y stafell fach, medd y nyrs wedyn.

Yn y gornel, dyn yn darllen y *Guardian*, yn codi. – Iawn?

– Pwy wyt ti?

– Y dyn yn y lleuad.

– O ddifri.

Pryd ma' fe'n trial 'y nghofleidio i 'wy'n tynnu'n ôl.

– Dy dad.

– Ti wedi gwisgo'r crys 'na o'r bla'n.

– Wrth gwrs 'ny.

– Na, yr wthnos hon.

– Bywyd yn rhy fyr. Dere, ni'n mynd adre.

Cyrredd y coridor. – Beth ti'n neud, Dad?

– Dim byd.

Fe'n 'yn hebrwng i fel 'se fe'n arwain menyw ddall.

– Ble ma' dy gar di, Dad?

– Ar y bws ddes i.

Yn y car Dad fel pwll y môr – i fod i wisgo cap yn yr ardd, osgoi'r haul rhwng dau a thri, a defnyddio hufen haul Ffactor 15. Cyrredd y tŷ, Mam wedi mynd i'r caffi, yn cloncan â'i ffrind Angela, dodi'r byd yn 'i le.

– 'Wy'n haeddu sbel.

– Call iawn, medd Dad. – Cofia ...

– Beth?

– Dim byd.

'Wy'n dodi llaw ar 'i ysgwydd. Tr'eni, y mishtir seremonïe'n brin o eirie.

Eistedd o fla'n y drych. Ych a fi, blas yn 'y ngheg i, fel diheintydd. Well i fi byrnu wig fory, stondin arbennig yn y farchnad ynghanol y ddinas. Yn edrych fel Ffrances o'dd yn cysgu gyda milwyr yr Almaen.

* * *

Blwyddyn wedi mynd, dim dime goch ar ôl, wedi hedfan i Efrog Newydd, Amsterdam, yr Ynysoedd Dedwydd, dim ond am benwythnos bob tro, mentro tra bod cyfle. Efrog Newydd o'dd y ffefryn, af fi'n ôl rywbryd, os byw ac iach. Halodd Margaret e-bost fis yn ôl, syrpréis. Wedyn criw ohonon ni, hen ffrindie coleg, dwsin i gyd, yn ca'l cyrri yn

Heol y Porth cyn yfed yn y Mochyn Du. Wnes i feddwl: Arglwydd, ma' Margaret – o'dd yn slashen yn y coleg – wedi heneiddio; cro'n 'i hwyneb hi wedi crychu. Ond beth o'dd hi'n meddwl ohono i er yr holl dynnu co's a wherthin? Chi byth yn gwbod.

'Yn hoff le i'r dyddie hyn, Pwll y Tyllgoed am dri yn y prynhawn, oefad yn jocôs, whilo am y canol llonydd. Yn y stafell newid, pan o'n i'n sychu'n hunan, fe dwmles i rywbeth o dan 'y nghesel. Gan bwyll, meddylies i, ewn ni gam wrth gam, nage fel Dad yn rhedeg lan lofft, cytsho yn ei lyfyr symptome.

Yn yr ysbyty y porthor yn codi'i ben y tro hwn, yn gwenu fel hen ffrind. Y coridor yn hirach. Cylchgrawn ar sedd y stafell aros ac ar y clawr ma' llun o fenyw ifanc lond ei chro'n a'r pennawd: 'Newidiodd Hyn Ei Bywyd'.

– Miss Evans, medd y fenyw ganol o'd yn y dderbynfa â llais llwyd fel y wal tu ôl iddi.

Cnoco'r drws yn gynta (faint sy'n cnoco'r dyddie hyn?). Prin 'mod i'n clywed yr ateb. Nag yw hon yn ddoctor, fel merch coleg, 'i chot wen yn rhy hir.

– Chi'n iawn? medd hi.

– Wrth gwrs. Ti?

Hi'n edrych ar y ffeil o hyd cyn troi. – Wel, beth alla i weud?

– Y gwir, dim ond y gwir.

– Ychydig o godenne.

– Siarada Gymrâg.

– Ma'n flin 'da fi, cysts.

– A?

– Yn normal, y fron wedi cael 'i hailadeiladu.

– Ond –

– Dim ond, Miss Evans, dim byd sinistr.

– Sori …

Ma' hi'n estyn nished. – Cerwch i ymlacio heddi, neud yn fawr o'r cyfle. 'Na ni ...

'Wy'n dwlu ar 'i chlustdlyse hi. Yn codi, mynd tu ôl i'w desg, yn 'i chofleidio hi. Fel doli fregus yn 'y mreichie i. Anghofio cau'r drws.

* * *

Ynghanol y nos, fe allen i fod ar set yn Hollywood. Y ffenest yn gryndod fel un mewn ffilm noir. Fydd hi'n hyrddio ar agor a'r llenni'n estyn fel godre ffrog briodas? Weithie 'wy ffaelu mynd i gysgu am amser hir. Pan o'n i'n wyth ro'dd dyn canol o'd – Whishgeryn o'dd Mam yn 'i alw fe – yn galw hibo'r tŷ, yn gwisgo hen got law, trwser milwr, daps. Yn gwerthu lasys du. Ar garreg y drws ro'dd Mam wedi gweud 'Na' yn amal ond mynnodd e ddod 'nôl.

Ddim yn breuddwydo

Rhai pethach all neb esbonio: athro'n troi'n gas heb reswm, Sam y ci'n pwdu yn y gornel, Anti Glad yn wherthin 'rôl angladd ...

Cenol y mish bach, dim ond y gegin yn dwym, gwynt cawl pys ym mhobman.

– Llwye ar y ford? Fi sy'n gofyn.

– Cer o dan dra'd, medd Mam.

Dad yn plygu'i ben wrth ddod miwn. – Gwynto'n ffein.

– Ble *ti* wedi bod? Hanner awr wedest ti.

– A ble ma' Elspeth?

Mam yn stopo troi'r cawl. – Ti sy i fod i garco ddi, Esme.

– Fi wedi bod yn y siop.

– Ateb 'da hon i bopeth. Dwylo Mam ar 'i chenol. – Mawredd annw'l, pidwch delwi.

Dad a fi'n edrych ar ein gilydd cyn siapo'n stwmps. Yn gynta, whilo Coed Trelái, yn enwedig Allt y Crogwr, dim olion tra'd, dim dol ...

– Anobeithiol.

– Gair mowr i groten fach.

– Dilyna fi, Dad.

– Pam?

– Helfa drysor?

– Nage gêm yw hi, cofia.

Ar ôl chwarter awr cyrhaeddwn ni nant sy'n tasgu.

– 'Na olwg.

Elspeth yn llefen y glaw.

– Esme, shwd o't ti'n gwbod?

Bys yn cyffwrdd 'y nhrwyn. – Nithwr, Mam yn gweud stori, pysgodyn direidus. Nant cystal ag afon, sbo.

– Elspeth, dere 'ma, bach. Plis? Paid bod yn lletwith.

'Na ni, bydd yn garcus, watsha'r dom defed. Ti'n tshwps diferu. Ers pryd?

– Ddim yn gwbod.

– Fyddi di'n iawn erbyn y bore.

– Ble ma'r pysgodyn?

Dad yn 'i chario hi 'nôl ar y ca' anwastad, llwybre llawn llacs. Erbyn y diwedd, fel teier beic yn ca'l 'i bwmpo.

* * *

Nos Sul, yn llymeitiach lla'th twym, y drefen yn teulu ni fel gwisgo sgitshe sy wedi mynd yn rhy fach i Jane 'y ngnithder a neud sbort am ben Anti Ruth o Ben-y-lan. Fe fydde hi, medd Dad, yn cered fel brenhines miwn i far y Ceffyl Du.

Elspeth yn y gwely'n barod. Gobitho y cysga i'n well heno, hi fel mwydyn ers wthnos. Af i gysgu'n glou, cyrredd gwlad ble ma' dyn mewn cot goch yn ein hebrwng ni i gastell, amgueddfa, plas. Fe'n clico'i fysedd a'r olygfa'n newid. Yn y diwedd, cyrhaeddwn ni fforest ble ma'r co'd fel pobol capel yn dishgwl lawr arnon ni wrth i ni weud adnod. Dihuno, clywed swn fel Sam y daeargi'n brin o ana'l 'rôl cwrso postman. Ond Sam yn 'i fasged yn y gegin. Codi, mynd i stafell wely Mam a Dad.

– O's cnoc arnot ti? medd Dad. – 'Wy'n codi am whech. Fe'n troi drosodd. Yr ochened hira yn hanes Cymru.

Mam fel ysbryd wrth y ffenest.

– Elspeth yn iawn?

– Sa di fan hyn, 'y nghariad bach i.

Mewn deg munud daw'r ddwy'n ôl o'r gegin.

– Ych a fi, medd Elspeth.

– Er dy les di, ca'l gwared ar y drwg. Esme, well i ti fynd i'r stafell arall.

– Ddim yn moyn.

– Rhag ofan.

– Beth?

Dim ots, 'i meddwl hi rywle arall. Y gwely'n ô'r, y wal yn dene.

– Ffono'r doctor? medd Dad.

– Dim ateb.

– Bydd hi'n canu fel eos yn y bore.

* * *

Nos Iau, lleisie'n brathu'r nos, ddim yn breuddwydo. Dad a Mam. 'Wy'n codi, agor drws y stafell wely, dim ond tamed bach. Erbyn hyn, Mam wedi codi, yn canu hwiangerdd. Yn suo'i hunan i gysgu?

– Mam? Mam?

– Yffach gols, medd Dad.

– Moddion ... yn werth dim, medd Elspeth.

Mam yn mynd lawr stâr, cwpwrde'n agor, yn cau, un ar ôl y nall. 'Nôl â hi.

– Odw i'n gwella?

– Dere, ti'n cofio? Y stori, morwm yn yfed diod. Wedyn?

– Rhwbeth mawr, gwyrth.

– Gwed y gair 'to.

– Blas fel metel.

Styllen yn gwichian, llais fel oerfel dan ddrws. – Beth ti'n neud, fenyw?

– Agor dy lyged.

– Ti'n gall?

– Moddion Anti Rachel.

– Deg mlynedd o'd, o leia. Hi ddim yn gall chwaith.

– Rho gwtsh i dy ferch, wnei di?

– Rachel fel gwrach.

– Pawb yn mynd ati am help.

– Yn y Cenol Oeso'dd fydde hi wedi ca'l 'i llosgi.

– A beth sy 'da ti i' gynnig?

Saib hir. Fel bod yn neuadd yr ysgol, pawb yn edrych ar 'i gilydd, y llen heb godi.

* * *

Nos Sadwrn, bron hanner nos, syniade'n troi yn 'y mhen fel ceffyle yn y ffair. O'r diwedd, drws yn agor, yn cau'n glatsh, Dad, yn torri gwynt, yn ochneidio, yn rhegi. 'Wy'n agor drws y stafell wely heb iddo fe wichian, yn mentro i dop y stâr. Os 'wy'n ca'l 'y nala, wel ... Beth sy waetha? Canu unawd cerdd dant yn steddfod gylch neu ffaelu gweld ffrindie am wthnos? Fel arfer, Mam yn mynd â'i got e, gofyn iddo fe ishte. Ddim y tro hwn.

– Beth wedodd y doctor?

– Cadwch hi'n dwym.

– Allen i fod wedi gweud 'ny.

Mam ddim yn berwi'r tecil i lenwi'r saib hir. – Ti wedi ... ca'l cwpwl.

– Dou neu dri.

– Mmm ... dathlu?

– Jac y Rhaca'n bedwar deg. Noson dda.

– A dy groten di fel hyn.

Rhywbeth yn cwmpo ar y llawr. 'I anel ddim yn dda yn sobor, ife'r jwg wrth 'i mam sy wedi mynd? Hi'n llefen yn isel, fel gwraig weddw mewn cornel.

– Beth wnewn ni, Henry? Y tro cynta i fi 'i chlywed hi'n 'i alw wrth 'i enw cynta. – Ma' gobeth, siŵr o fod.

– O's e? Cymysgedd o sibrwd a phoeri. – Ddim yn byta, wedi –

– *Ti* sy'n rhoi lan. Gobitho bod ti'n gweddïo.

– Man a man i fi hwpo 'mys yn y tân.

Gwdihŵ'n hwtian yng ngwaelod yr ardd, yn neud sbort ar ein penne ni.

– Cer lan i' gweld hi.

– Well 'da fi gofio fel o'dd hi.

– Ble ti'n mynd? Paid dihuno Esme.

Jawl, well i fi fynd 'nôl i'r gwely.

– Ti'n byw yn blydi gwlad breuddwydion.

Sŵn tra'd ar y stâr, bwlcan, rhechen, rhegi. Oedi ar y landin, agor drws, pisho, tynnu tsiaen. Llais yn canu 'Mae 'Nghariad i'n Fenws'. Fel glo'n ca'l ei rofio mewn seler.

* * *

Nos Wener, yn y stafell fyw yn darllen 'Hansel a Gretel', wastod â 'mhen i mewn llyfyr y dyddie hyn.

Daw Mam miwn i'r gegin. – Helpa fi. Y bagie siopa fel baich ar 'i meddwl. – Dy dad?

– Yn cymoni.

Hi fel pysgodyn aur yn agor 'i geg ac 'wy'n pwynto i gyfeiriad y stafell gefen lan lofft.

– Yn haeddu medal.

Dad yn penlinio yn hen stafell wely Elspeth. Wedi newid 'i grefydd? Dim clem 'da fi ble ma'r dwyren.

– Beth ti'n neud? medd Mam.

– Ma'n amlwg, fenyw; dodi trefen ar bethach.

– Trefen iâr ddu ...

Dad yn codi, 'i ddwylo ar led, pregethwr ynghanol 'i bregeth. – Teulu Dan-y-graig, croten bump o'd. Y tad newydd golli gwaith, 'i wraig yn gig ac asgwrn. Mwy o angen arnyn nhw.

– Fel 'na, ife? Mam yn edrych ar y drain yn tagu'r ardd a'i llais hi fel cyfreithiwr yn darllen wyllys. – Well i ti fynd.

* * *

Y bore 'ma, Anti Glad yn mynd â fi i'r parlwr ble 'wy'n hwpo tamed o fara brown yn yr wy wedi berwi. Daro, wedi syrnu peth ar 'y mlows ore. Poeri ar y staen, yn wa'th. Sŵn yn dod yn nes, car ar hyd hewl llawn graean. Codi, dringo'r gader fawr, sgathru 'mhenglinie. 'Wy ddim yn breuddwydo, arch wen fel bocs sgitshe ar ben car hir, arian fel un yn *Thunderbirds.* Ar wal y parlwr ma' sampler (neb yn 'u neud nhw'r dyddie hyn). Hen fam-gu ochor Mam wna'th hi, ABC ar y top, 123 ar y gwaelod ac yn y cenol Gweddi'r Arglwydd. Adar o bob lliw ar yr ochre. Er 'mod i ddim yn cyffwrdd, ma' hi'n cwmpo, y gwydyr yn torri. Paid torri dy fys. Sgrechen lond y lle, dylo'n sownd wrth 'y nghlustie.

Drws yn agor. – 'Na ddigon, medd Anti Glad.

– Wnes i ddim byd.

Hi'n plygu, yn cytsho yn y sampler fel mam yn cytsho mewn babi a'i hwpo hi 'nôl ar y wal. Y gwydyr yn gyfan.

'Wy'n gweld 'i hishe hi, cofiwch, ddydd a nos, rhan ohono i fel bwlch mewn jig-so. Hwn yw'r tro cynta i fi weud wrth rywun.

Dim ond tabled

Fe glywon ni 'i dra'd e ar lawr y coridor, y came'n araf, yn wahanol i bob athro arall. Pan dda'th e miwn ro'dd esgus o fwstásh ar 'i wyneb.

– Y bore 'ma ry'n ni'n astudio *Macbeth*, 5C. Gyda llaw, bydd clyweliade'r ddrama flynyddol yr wthnos nesa.

Cydadrodd desgie'n agor a chau.

– Trowch i Act 2, Golygfa 1, os gwelwch yn dda. Pwy sy am ddechre? Gei di fynd gynta. Gwenodd ar Peter.

– Plis, syr? Danny yn y rhes fla'n wedi codi'i fraich.

– 'Na ddigon. Top y dudalen. Nodiodd ar Peter.

– *Is th-th-this a d-d-dag-g-er ...?*

– Diolch. Pwyntiodd at Danny. – Ti nesa.

Ar ddiwedd y prynhawn ro'dd dwy o ferched 5C yn pwyso yn erbyn y wal ger y glwyd yn Hewl Seland Newydd.

– Shwd wyt ti? medde Maggie'n wên o glust i glust.

– Ody P-P-Peter yn mynd 'nôl at ei f-f-fam? medde Sharon.

– 'Na-n-na dd-dd-ddigon.

– Ti'n moyn swmpo rhein? medde Maggie, yn pwyntio at 'i bronne. – Dere rownd y cefen a bydd yr atal yn mynd am byth.

'Rôl ugen llath lawr yr hewl trodd e'n ôl. Hwthodd Maggie gusan.

Ro'dd nodyn ar ford cegin y tŷ yn y Rhath, 'i fam 'nôl am whech, yn ca'l clonc gyda Fanny drws nesa. Edrychodd drw'r ffenest, neb yn whare pêl-dro'd yn y lôn gefen. Taflodd 'i fag ysgol ar y soffa ac eistedd. Beth fydde'n digwydd? 'I freuddwyd o'dd bod yn weithiwr cymdeithasol, helpu pobol, ond pwy fydde'n gwrando ar rywun fel fe?

Clodd 'i ddwrn. Erbyn diwedd y flwyddyn academedd fe fydde fe yn y ffatri hoelon.

Ond ro'dd llygedyn o oleuni, yn fodlon rhoi cynnig arni gan fod 'i fam ddim gartre. Pam lai? Dim byd i' golli, dringodd y stâr a mynd miwn i stafell wely 'i fam ble o'dd 'i bag ar y gwely. Fydde hi'n sylwi? Oedodd. Fydde hi ddim yn gweld ishe un dabled, do's bosib. I lawr i'r gegin wedyn, yfed llond ceg o ddŵr o'r tap. Gorweddodd ar y soffa ac aros. Dim sôn am 'i fam ond drws yn agor yn 'i feddwl, twlpyn iâ gofid yn dadleth, o fewn ugen munud. Cododd, ailadrodd araith Macbeth, o leia frawddeg, yn weddol rwydd, 'i gorff yn dalach, 'i sgwydde'n lletach. Dechre taith newydd.

* * *

Hanner nos, cau drws y ffrynt yn dawel. Teimlai fel lleidr, dim gole yn y stafell fyw. Dringodd y stâr ar flaene'i dra'd, cripo miwn i'r gwely heb dynnu'i bants na'i grys. Ro'dd yn lwcus, meddyliodd, wedi dod at 'i hunan 'rôl bod yn y parc gyda chriw Stryd Rhymni, 'rôl potsian gydag anadlydd tad-cu Maggie. Am y tro cynta ro'dd y criw wedi wherthin ar 'i jôcs.

Clywodd rywun yn siarad. Cododd 'i ben a'i bwyso yn erbyn y wal.

– Ddim yn gwbod, medde'i dad.

– Rho gyfle iddo fe. Ma'n ifanc.

– Pwy fydde'n meddwl?

– Beth?

– Ffaelu siarad â'r cymdogion.

– Sgwrs fory, ife?

– Martha, hen lapen y plwy, ddim yn siarad â fi.

* * *

Mam ar garreg y drws heb weud bw na ba wrth i Dad 'yn llusgo i i'r car.

– Ddim mor gryf ag o't ti, Dad. Fydda i'n madde iddo fe rywbryd er 'i fod e fel slej.

– Er dy les di, medde fe yn nerbynfa'r ysbyty. Anodd credu, deigryn bach yn 'i lygad e.

– Diolch, Mr Reilly, medde'r nyrs. Dewch gyda fi, Peter.

Dim problem, hon yn 'i thridege, gwallt gole, bronne mawr, dim modrwy. 'Wy'n dechre ffansïo menwod hŷn. Miwn â fi i stafell fach ble ma' dou ddyn fel bownsyrs y Top Rank a meddyg yn edrych fel y bardd Bît Alan Ginsberg. Yn lle cynnig mariwana neu rywbeth cryfach ma' fe'n gofyn i fi orwedd. Ma' fe'n gwenu. Un o'r bownsyrs yn rhwto jeli ar 'y nhalcen i, a hwpo teclyn yn 'y ngheg i. Ddim yn dyner. 'Wy'n pwynto at y teclyn.

– Rhag ofan. Stopo ti frathu. Ymlacia, wnei di? Fel ymlacio wrth i'r deintydd symud sedd 'nôl. – Ti'n dipyn o wharaewr rygbi, Peter, taclwr ffyrnig ...

Yr ego'n whyddo fel balŵn. O'n i ddim yn dishgwl hyn, storom yn 'y mhen, drw 'nghorff i i gyd. Wedyn, ro'n i'n dreflan wrth iddyn nhw 'yn llusgo i i rywle, cell heb wely, heb gader, a bwced yn y gornel. Teils y llawr yn ddigon ô'r i sythu brain, yn fochedd. Fe fydde Mam wedi ôl bwced a mop o'r cwtsh dan stâr. Fi'n borcyn, yn cripad, anifel heb 'i ddofi. Clywed rhywbeth tu hwnt i sŵn y traffig, pobol ifanc yn whare. Ti'n siŵr? Os yw hi'n amser cino, fe fydden i'n gweiddi ar Jimmy i baso'r bêl ar iard yr ysgol.

* * *

Duw a ŵyr shwd cyrheddes i Lunden ond, 'na fe, yr hewlydd i gyd yn arwen o Gymru ers O's y Tuduried. Yn y diwedd ffindes i lety. Nos Wener o'dd hi, Mam wedi hala llythyr yn gweud 'i bod hi'n becso. Hales un yn gweud 'mod i'n swyddog clerigol yn yr Adran Nawdd Gymdeithasol yn Hackney ac wedi cwrdd â merch fach, neis o Newcastle. O'n i'n gwbod y bydde hyn yn codi 'i chalon hi. Ddyle neb dwyllo'i fam.

Canes i gloch y drws ffrynt.

– Pwy? medde llais.

– Ishe help.

– Beth sy wedi digwydd?

– Wejen wedi twlu fi mas.

Agorodd y drws. Ar y llaw dde ro'dd drws arall, un trwchus, a pipai dyn drw ddellt, llyged treiddgar. – Un amod.

– Beth?

– Lle dôl dydd Llun.

– Dim problem.

Agorodd y drws, gadel fi miwn, cytsho mewn allwedd. – Cymro?

– Ie.

– Mab gweinidog?

– Shwd ti'n gwbod?

– Nhw yw'r gwaetha. Gwenodd. – Dere, gad i fi adfer dy ffydd di yn y ddynolieth.

Ethon ni hibo lolfa ble o'dd deg o ddynon â chanie cwrw yn 'u dwylo'n gwylio ffilm las, 'u llyged nhw fel llenni wedi'u hanner cau. Ar y stâr ro'dd tri dyn yn rhythu ar wal.

– Paid gadel i hwn fynd ar 'yn landin i, medde un.

– Gan bwyll, Joc, hon yn wlad rydd.

– Yr Alban ddim. Dyna pam adewes i.

– Paid cymryd sylw, medde'r rheolwr wrtho i.

– Beth o'dd ei waith e?

– Prif weithredwr cyngor. Toriade.

Ro'dd 'yn stafell i ar yr ail lawr yn y cefen.

– Cysga'n dawel.

Barie o'dd ar y ffenest ac ro'dd yr iard odani'n llawn o focsys bwyd clou a photeli gwag. Ar lawr y stafell ro'dd gwenwyn llygod mawr ag arwydd Peidiwch â Chyffwrdd. Ar y sinc ro'dd dwy lafn raser (cymorth hawdd i' ga'l mewn cyfyngder). Gorweddes i ar y gwely. O leia o'n i ddim yn y gwynt a'r glaw. Drw'r nos y miwsig yn uchel, yn enwedig 'The End' gan The Doors ynghanol y peswch, y coethan, y pwno dryse.

Dim ond un o'dd yn byta brecwast, llond drws o ddyn â barf coch, hir.

– O's ots?

– Yn falch i ga'l sgwrs.

Gwenais i. – Peter.

– Tam. Newydd gyrredd? Beth ti'n 'feddwl o'r Hilton?

– Gwahanol.

– Gair o gyngor, os yw rhywun yn pwno dy ddrws di lawr, pwna'i ben yn syth.

– Pa mor hir?

– Ffaelu cofio, rhy bwdwr i gadw dyddiadur.

Fe adewes i'r cig moch plastig ar y plât. Yn y lolfa ro'dd deialog y ffilm las yn wherthinllyd a'r plot yn ystrydebol. Am un ar ddeg da'th y rheolwr miwn. – Os ca i eich sylw chi, gyfeillion ... ysbyty newydd ffono. Chi i gyd yn cofio George, un o'n haelode anrhydeddus ni? Damwen nithwr, wedi marw.

– Y jawl lwcus, medde Tam.

Am hanner dydd ro'dd cnoc ar ddrws 'yn stafell i pan o'dd yr haul yn cwato tu ôl cymyle llwyd.

– Ffôn, medde'r rheolwr.

– Fi?

– Ti.

– Pwy?

– Rhywun ag acen Gymrâg. Glou, y pips yn mynd.

Rhedes i lawr y stâr. Cododd y rheolwr 'i fys bawd a gadel y swyddfa am ychydig funude.

– Peter?

– Ie.

– Nabod 'yn llais i? Sŵn ar y lein fel clindarddach. – Bethan.

– Bethan?

– Dy whâr di.

– Wel, wel ... 'Yn llaw whith i fel deilen yn y gwynt. – Diolch ... o'r diwedd ...

– Grynda –

– Shwd ffindest ti fi?

– Grynda'n ofalus.

Cynnu mwgyn, hwthu mas yn hirach nag arfer.

– Ma' 'da fi newyddion. Dy dad ... wedi marw.

– Pryd?

– Angladd fory.

– Dwy awr, 'na i gyd, wna i fincyd arian.

– Sdim ishe ti ddod.

– Ond ...

– Ni ddim yn moyn iti ddod. Clic ar y lein.

Da'th y rheolwr miwn. – Newyddion da?

Nodies i.

– Ti'n haeddu tamed bach o lwc.

Es i 'nôl i'r stafell a gorwedd ar y gwely. Ar y wal uwchben y sinc ro'dd staen brown, stwbwrn, ac yn 'y mhen i ro'dd delwedd o ddynon dierth yn cario arch 'y nhad.

Troi'r cloc 'nôl

Ti'n iawn, Gwenno? Dyshgled o de yn y gwely? Paid becso, fe gei di gysgu 'mla'n. Ond ma' ishe patrwm fel y bobol o'n i'n 'u gweld ar y ffordd i'r gwaith bob bore, y postman, y nyrs, y cymydog, cyn i bopeth newid.

Heno'n ca'l bwyd gyda Lisa yn yr Eglwys Newydd. Yn 'i dosbarth derbyn, medd hi, ma' tri deg wyth o blant, tri deg ohonyn nhw'n fechgyn. Wneiff hi ddim cyfadde, ond ma' hi fel clwtyn llestri bob nos. Y gegin yn llawn o wynt lasagne, 'yn ffefryn i.

Hi wrth y ffwrn. – Shwd wyt ti?

– Iawn.

– Ti'n siŵr?

– Alla i helpu?

Hi'n dodi'r platie ar y ford. – Paid camddeall, pam na wnei di joino Cymdeithas Dilwyn?

– Dim ond nhw sy'n meddwl 'u bod nhw'n achub yr iaith.

Hi'n agor drws y ffwrn. – Shwd ma'r car?

– Iawn.

– Rhywbeth wedi digwydd?

– Paid sbwylo'r noson.

Mas â hi, heb arllws y gwin coch. Cytshaf yn y botel, dewis da, Merlot o Galiffornia. Y lasagne'n barod, troi'r nwy i lawr.

Pan ddaw hi'n ôl 'i hwyneb hi fel talcen tŷ. – Dad!

– Dim ond un sy 'da ti, cofia.

– Alla i ddim credu ...

– Beth ti'n moyn i fi neud? Sefyll yn y gornel?

Ma' hi'n twlu'r tortsh ar y ford. – Wel?

– Blas arbennig ar y gwin.

Hanner gwên. – Ti'n wa'th na'r plant. O leia ma'r lasagne wedi'i achub.

Llond plât i fi. – Diolch, Lisa, gwledd.

– Ond dim cystal â Mam, ife? Beth ddigwyddodd?

Cnoi a chnoi. – Fe bwnes i rywbeth.

– Rhywbeth?

– Postyn lamp.

– Ble?

– Ffordd osgoi Llanbradach.

– Fe allet ti fod wedi lladd rhywun, lladd dy hunan. Yr heddlu'n gwbod?

– Pam?

– Damwain, Dad.

– Neb wedi ca'l niwed.

Miwn deg munud ma' hi'n cytsho yn y platie, yn 'u twlu nhw miwn i'r sinc. Dim pwdin, wedi mynd i'r stafell fyw. Galwad ffôn bersonol, medd hi. Sboner? Dim siâp ers y garwrieth 'da Robert am ddwy flynedd. Digwyddodd rhywbeth ond o'n i ddim yn moyn holi'i hened hi. Tr'eni bod hi ddim fel fi. Walle bod hynny'n fendith.

Gwenno, ddylet ti fod fan hyn cyn i bethe fynd o ddrwg i wa'th.

* * *

Fan hyn o'n ni'n dod bob prynhawn Sul pan o'dd Lisa'n fach, o leia yn y gwanwyn a'r haf. Ti'n cofio, Gwenno? Y brechdane'n cynnwys tomato, caws, tywod. Fi'n darllen yr *Observer* neu'n gadel iddi hi gladdu fi o dan y tywod. Ti'n hala gormod o amser yn y dŵr. Bron neb yn gwbod am y bibell yn arllws carthion i'r môr. Erbyn hyn, maen nhw'n codi tâl am barcio, y cabane pren wedi ca'l cot newydd o baent melyn a gwyrdd. Y siop fach yno o hyd, ond Saesnes yw'r perchennog, nage'r hen Gymriges oedd yn llawn o storïe diddiwedd am yr hen ddyddie a phawb yn helpu'i gilydd.

'Na ni, gewn ni bip ar yr haul yn glaish cyn mynd 'nôl i'r car. Gan bwyll, yr hewl yn droellog heb lawer o ole. Pwy wedodd y dylen i roi'r gore i ddrifo, yn enwedig yn y nos? Pwy hawl sy 'da nhw? Diolch i Dduw, wedi cyrredd yr M4, digon o betrol ar ôl, hanner y tanc, a'r car fel fi, er 'i fod yn hen, yn mynd fel y boi.

Crist o'r nef, beth ddigwyddodd? Ti'n ddall? Arwydd i Abertawe, ti fod i fynd i'r dwyren. Pipo yn y drych, neb o gwmpas, dros y llain ganol, troi. Da iawn, ti.

Nefo'dd wen, o le da'th hwn? Jaguar coch, cath i gythrel, arafa'r jawl, bron pwno ochor y car. 'Wy'n codi dwrn, dyle jawl fel hwn sefyll prawf arall. Tynnu miwn i gilfan i ga'l ana'l, tynnu nished mas. Ffono Lisa? Na, gaf i bryd o dafod.

'Nôl ar yr A470, bron cyrredd gartre. Pwy yw hwn? Car tu ôl. Heddlu, yn cwrso'r Jaguar, siŵr o fod. Na, yn fflacho.

– O ble chi wedi dod, syr?

– Lan y môr.

– Pysgota?

– Y wialen miwn siop elusen ym Mhontcanna ... os o's diddordeb.

– Popeth yn iawn?

– Am wn i.

'Nôl â fe i'r car i ôl teclyn. – Hwthu, plis.

– Dim angen.

– Hwthwch. Diolch. Wastod ar ben eich hunan?

– Dim wastod.

– Canlyniad yn iawn ond byddwch yn garcus.

Gormod o bobol yn drifo'n wyllt a hwn â dim byd gwell

i' neud. Ti'n dyall, Gwenno? Y rheswm es i o'dd er mwyn cofio'r dyddie da.

* * *

Fe dda'th llythyr yn y bore.

– Beth sy'n bod? medde Lisa nos Lun pan dda'th hi draw. – Cro'n dy din di ar dy dalcen.

– Dim byd.

– Wedi bod yn whare gyda dy farf ers deg munud.

– Meddwl.

– Pam wnei di ddim derbyn y drefen?

Wedes i 'mod i wedi drifo ers ache, fel mynd rownd y byd ddwyweth. Es i lan lofft, dangos y llyfyr du iddi, yn cofnodi pob milltir, pob galwn. – Wn i pwy yw e?

– Pwy?

– Y bradwr.

– Ti'n gorymateb.

Y bore wedyn, pan es i i'r Co-op i byrnu torth, ro'dd Hubert yn torri'r glaswellt o fla'n 'i dŷ. – Bore da, gyfaill. Ti'n iawn? Rhywbeth yn bod? Wela i di yn y clwb nos Iau. Rufus? Wel, myn yffarn i.

Jiwdas. Byth 'to, boi, byth 'to.

* * *

Ddylet ti fod fan hyn, Gwenno. Stafell aros yn y ganolfan drwyddedu yn wa'th nag un y meddyg teulu. Fydd e ddim yn hir, medde'r fenyw hanner awr yn ôl – a hithe fel y fenyw o'dd yn reslo slawer dydd pan o'dd Kent Walton yn sylwebu. Y rhaglenni'n llawn o rochan, conan. Hwn fel aros am Godot. Pwy fydd yn gofyn cwestiyne? Sychbren â beiro yn 'i law'n twrio i'r gorffennol, yn stwffo'i big miwn.

Ddylet ti fod fan hyn. Ti'n gallu 'narllen i fel llyfyr, yr unig un – ti'n gwbod yn nêt, 'wy'n gallu tano fel matshen.

Dyn ifanc newydd godi, bron mynd miwn i'r swyddfa. Fyddet ti wedi sylwi gynta, rhywbeth o fla'n 'i gader, yr un maint â bocs matshys.

– Esgusodwch fi, chi wedi gollwng hon.

Ma' fe'n cytsho yn y drwydded. Neb yn dweud diolch y dyddie hyn, y byd wedi troi'n ô'r, Gwenno. A sôn am ddogfen, ti'n cofio'r prynhawn 'na ynghanol y gaea? Fi'n dod 'nôl i'r tŷ pan o't ti'n cymoni'r stafell fyw.

– Pob lwc tro nesa, meddet ti.

– Pam?

Y syndod yn llenwi dy lyged di. – Gad dy gelwydd.

Fi'n pwynto at y shilff.

Ti'n cytsho yn y dystysgrif prawf gyrru, yn edrych i fyw 'yn llyged. – Pwy feddylie? Bod ti'n gallu canolbwyntio mor hir.

Y tad a'r mab

Pan agorodd drws y stafell wely, da'th 'i dad miwn, cawr o ddyn. – Dylet ti fod wrth dy ddesg yn y stydi.

– Y mynydd yn ysbrydolieth.

– Watsha dy hunan. Byddi di fel fi, ar safle adeiladu'r flwyddyn nesa. Beth ti'n sgrifennu?

– Cerdd o'r enw 'Dymuniad'.

– 'Se'n well 'sen nhw'n dysgu crefft. Fi a dy fam yn mynd mas, a'n dymuniad ni yw bod ti'n cysgu pan ddown ni'n ôl neu bydd lle yr yffarn.

Clywai Johnny lais 'i dad tu fas cyn i'r injan danio. – Fi sy'n drifo. Wastod wrth y llyw, dyn y *Sun* a *Playboy*, nage'r *Cyfansoddiadau*.

* * *

Yn Ysgol Plasmawr ro'dd y grwpie'n trafod *Te yn y Grug*. – Ife Cymrâg yw hyn? medde Lee.

– 'So i'n credu, medde Johnny.

Canodd y gloch a chasglodd Miss Price 'u llyfre. – Johnny Voisey, gair bach.

– Watsha dy hunan, medde Lee. – Ma' hi'n gwisgo'i lipstic coch, coch.

I lawr y coridor â'r ddou heb dorri gair cyn troi i'r whith, miwn i stafell y dirprwy o'dd mewn cynhadledd.

– Eistedda. Estynnodd ddarn o bapur. – Hon yn arbennig.

– Shwd?

– Y trosiade.

– Beth?

– Ife dy gerdd di yw hon?

– Sori 'i bod hi'n hwyr.

– Wnest ti drafod hi gyda dy fam neu dy dad? Pam ti'n gwenu?

– Dim sôn yn y gerdd am ennill y loteri, o's e?

Cododd hi. – Ma' hi mor dda, 'wy'n mynd i' hala hi at Steddfod yr Urdd. Faint o amser?

– Hanner awr. Y broblem o'dd –

– Y mydyr?

– Goffod torri'r glaswellt cyn bod Dad yn dod 'nôl o'r gwaith.

– Da iawn; melys, moes mwy.

Do'dd e ddim yn dyall ond sylwodd fod ei sgert hi'n fyrrach nag arfer.

* * *

Bore Sul, hanner awr wedi un, agorodd drws 'i stafell wely.

– O's ots?

– Dim llawer o ddewis.

Cusanodd 'i fam 'i dalcen cyn plygu ar 'i phenglinie. Pwysodd Johnny 'i ben ar 'i fraich. Fydde hi'n dod o hyd i'r cylchgrawn o dan y gwely?

– Ti'n drewi, Mam.

– Cwpwl o jins, dy dad yn rhochan fel mochyn. Noson ffantastig. 'Wy'n ... beth yw'r gair?

– Yn gocls?

– Yn becso. Ti ddim fel dy dad, ddim yn tano fel matshen. Alla i neud rhywbeth? I dy helpu di?

– Cer i'r gwely, Mam.

– Ond ...

– Nos da.

* * *

Roedd 'i fam wedi'i rybuddio. – Mynd i Fryste, siopa gyda Rose. Os wyt ti'n gall, paid sefyll yn y tŷ.

Yn y prynhawn ro'dd wedi ymgolli mewn llyfyr byrnodd yn siop Dr Barnardo's, cerddi Gerard Manley Hopkins, y rhythme'n wahanol, yn gorfforol. Am bump a'th i'r gegin a neud dyshgled o de. Y tŷ fel y bedd. Ffoniodd 'i ffrind gore, Andrew, a'i wahodd i ddod draw fel bod y ddou'n gallu trafod cerddi'i gilydd. Gyda lwc, bydde'i fam a'i dad 'nôl yn hwyr.

Am hanner awr wedi pump clywodd fanie'n cyrredd, dryse'n cau'n swnllyd, lleisie cras, macho. Parti. Pa mor ddideimlad y galle cymdogion fod? Caeodd y llyfyr ac estyn 'i gorff ar y gwely. Ddim yn ddiwedd y byd; fe alle Andrew a fe fynd i'r caffi ar y gornel tan wyth.

Clywodd rywun yn troi'r teledu 'mla'n yn y stafell fyw. Pan gas gôl 'i sgori ro'dd gweiddi fel ton enfawr yn sgubo ar graig. Twlodd 'i lyfyr ar y llawr. A'th i'r stafell molchi, twlu dŵr dros 'i wyneb a'i sychu. Ar flaene'i dra'd cerddodd i lawr y stâr, cytsho yn 'i got a mynd i gyfeiriad y drws cefen. Bydde mynd i Fynydd y Garth yn hwb i'r awen. Ar lwybyr yr ardd clywodd sŵn crensian, cragen yn hollti o dan ei dro'd. Stopiodd. Cofiodd 'i dad yn gweiddi: Y babi yffarn, beth sy'n bod? Ynys y Barri ar brynhawn Sul ache'n ôl, y teuluo'dd i gyd wedi oefad yn y môr cyn picnig. Johnny wedi demshgil ar granc, yn rhedeg ar hyd y tra'th, 'i wyneb yn goch a'i fam yn lapio tywel amdano.

Trodd yn ôl. Yn y stafell fyw ro'dd whech yn ishte mewn hanner cylch ar y llawr a'r lleill yn ishte ar ddwy soffa.

– Can o lagyr? medde dyn ifanc â gwallt a thrwyn coch.

– Rhy gynnar, medde Johnny.

– Ti'n dost? Cefnogi Man U?

Siglodd 'i ben.

– Yn whare i'r ysgol?

– Na.

– Ti'n gwastraffu dy ana'l, medde'i dad.

– Beth yw dy oedran di? medde'r dyn â'r gwallt coch.

– Un deg pump.

– Wejen?

– Dim 'to.

– Dy laish di'n uchel. Cerrig wedi cwmpo?

Cochodd Johnny.

Trodd y dyn at dad Johnny. – Beth ddigwyddodd?

– Hwn yw fy mab, medde'i dad, paish, bardd. Gwna ffafr i ni, y bois yn llwgu, cer i ôl *fried chicken* o'r siop, yr arian ar y ford yn y cyntedd. Wrth i Johnny wisgo'i got, dywedodd 'i dad – Tamed o gic yn y sôs i fi, cofia. Gwenodd ar bawb fel brenin mewn llys.

– Dim problem.

Pan dda'th e'n ôl, ro'dd Man U'n colli 1–2 a'r dynon yn yfed yn glouach.

– Diolch, medde dyn canol o'd yn moeli. – Unrhyw uchelgais?

– Y Goron.

– Ti'n bradu dy amser. Y cwrw'n uffernol.

Dringodd Johnny'r stâr. Gorweddodd ar 'i wely, breuddwydo'r dydd. O fewn pum munud ro'dd sgrech lawr llawr a chlodd y drws. Tra'd trwm ar y stâr.

– Ladda i di, y mwnci.

– Rhywun yn cnoco?

– Y bastard bach, agor y drws.

– Rhywbeth yn bod, Dad?

– 'Y ngheg i ... fel cols ...

– O diar, well i ti ffono'r siop. Dododd 'i law ar 'i geg, yn wherthin nes 'i fod e'n wan, cyn synnu at 'i ddewrder 'i hunan.

O fewn cyrredd

Dyn â gwallt shibwchedd yn ishte mewn stafell fawr, yn rhythu ar barc gwag. Rhywbeth yn digwydd yn y byd mawr? Wedyn 'i feddwl yn sownd fel dryse dwbwl, dur yr amgueddfa dros nos.

Yr ochor arall i'r ddinas, y gwynt yn chwipio glaw yn erbyn ffenest cegin. Ar y radio ma' adroddiade bod tai ym Mhontypridd o dan ddwy droedfedd o ddŵr. Dyn yn ishte, 'i wraig yn dodi plât ar y ford.

– Rhywbeth ar dy feddwl di?

Fe'n cnoi'r stecen yn araf.

– Fydda i'n goffod neud cais.

– Cais?

– O dan y Ddeddf Rhyddid Gwybodeth. Hi'n mynd i'r sinc, golchi'r sosban heb sychu'r sâm gynta.

Y gŵr yn peswch.

Hi'n troi. – Cig yn iawn?

– Ti wedi anghofio. Sôs coch.

– Ar y shilff, o fewn cyrredd.

* * *

Llond dwrn o nyrsys yn y gornel yn rhannu jôc. Rhag 'u cywilydd nhw, yn trafod ein tynged ni, siŵr o fod. Ni yw'r rhai call. Pam bod 'u gwisg nhw mor wyn? Am faint y bydda i fan hyn? O'n i'n ddyn rhydd pan gas JFK 'i ladd, yn cered lawr Hewl y Frenhines a dyn dierth yn torri'r newyddion, 'i lyged yn wag. Pawb yn cofio ble o'n nhw. Y diwrnode fel niwl yn sgubo dros y môr. Beth ddigwyddodd? Ddim yn siŵr, fel ffilm iasoer, cofio dou ddyn fel bownsyrs yn dod i'r tŷ, yn 'y nghlymu i, a'r gweinidog yn sibrwd. – Nhw fydd yn gofalu amdanat ti. Wela i di wthnos nesa.

Weles i mohono fe wedyn. Ddim yn gallu meddwl am adnod addas, siŵr o fod.

* * *

– Pa ddiwrnod yw hi? Y wraig yn sychu'i dwylo wrth y sinc.

– Diwedd yr wthnos, diolch i Dduw.

– Popeth yn iawn?

– Gormod o sglodion.

– Ti ddim moyn mynd yn dew?

Fe'n dodi'i gyllell lawr. – Yr Argyfwng Cudd, medd y papur.

– Os yw e'n gudd, pam bod e yn y papur?

– Gad dy ddwli.

– Pen-blwydd heddi.

– Pam 'set ti wedi gweud? Heb ga'l amser i brynu carden. *Dim i fi.*

* * *

Wil yw'n ffrind i yn y sbyty. 'Co fe, yn y gader esmwth, gwallt gwyn, barf hir fel proffwyd Hen Destament, yn hepian. Ma'n well 'i adel e fod. Wedi'i osgoi e drw'r bore, rhag ofan y bydd yn gweud yr un stori, am y myfyriwr ar ddiwedd y flwyddyn gynta gyrhaeddodd y stafell arholiad. Yr arholwr yn gofyn pwy o'dd e. O'n i'n wherthin nes 'mod i'n dost. Y tro cynta. Fe o'dd y myfyriwr?

* * *

Y wraig yn sefyll yn y gornel, yn darllen yr adran Genedigaethe a Marwolaethe.

– Tywydd yn gwella fory, medd y gŵr, yn llymeitian
'i de.

– Pen-blwydd Idwal. Ti'n cofio? Whech deg.

– Yn y lle gore.

– Fe ddylen ni fynd.

– Rhywbryd 'to.

– Druan ag e.

– Neb arall ar fai.

* * *

Yn y lle hwn gall y meddwl golli amser fel hen gloc. A'r hyn
'wy'n 'i neud yw trial cofio faint o game sy rhwng ffenest
y stafell fawr a'r tŷ bach. Pum deg tri, withe pedwar deg
naw. Os yw hi'n braf, yn trial cofio lliw gwallt, lliw llyged
y wejen gynta, hynny yw yr un ola, ond y llun yn niwlog,
tes ar y tonne ym Mhorth-cawl. Cusan glou ar 'i boch hi
cyn cornet hufen iâ a sôs syfien ar 'i ben e. Ble ma' hi nawr?
O'dd hi ddim yn gall ...

* * *

– Radio? medd y wraig.

– Na, dere â'r papur.

– Apêl y bore 'ma, plant miwn angen, Somalia, dim dŵr
glân.

– Yffarn o beth.

– Punt y mis. Ti'n folon?

– Yr esgid yn gwasgu.

Hi'n ochneidio. – Tr'eni, Idwal mor annw'l.

Y gŵr yn codi, twlu'i blât a gweddillion y bwyd miwn
i'r fowlen. – Ti ddim yn cofio, beth wna'th e pan alwodd y
gweinidog.

– Ond –

– Pawb yn wherthin ar 'y mhen i am fisho'dd.

Daw'r ferch miwn i'r gegin. – Help, Mam?

– Wel ...

– Gad i fi sychu. Ishte lawr am funud. Plis. Iawn, Dad?

– Yn weddol. Fe'n codi'i ben.

– Beth?

– Ble ma'n nhw?

– Sori, anghofies i. Paid pwdu, ddim yn ddiwedd y byd.

– Ti'n gallu cofio pryd ti'n cwrdd â'r merched yn y dre.

Y ferch yn gollwng y llien sychu ar y sinc. – Af i ôl y batris heno. Iawn?

– Wel, wel, cof fel rhidyll.

* * *

'Co Annie ochor draw. Wedodd hi ddo' 'i bod hi'n ffansïo fi. Yn credu taw hi yw Miss Cymru 1990. 'Se hi'n ca'l gwared ar 'i dannedd drwg ... Yn wherthin bob hyn a hyn, heb reswm, yn cofio rhywbeth. Wherthin gwag fel safle'n barod ond tai heb 'u codi. Newydd sylwi, 'i sane hi fel hen gonsertina. 'Na le yw hwn.

* * *

Y gŵr yn mynd miwn i'r stafell fyw.

– Dim llawer o hwyl, medd y ferch.

– Lot ar 'i feddwl e.

– Rhywun yn ca'l pen-blwydd?

– Neb. Hi'n troi'r radio 'mla'n.

Daw'r gŵr 'nôl. – Gormod o gwestiyne. Y broblem yw gormod o addysg.

– Hawl 'da fi wbod, medd y ferch.

– Ddim yn 'i nabod e.

– Yn gwmws.

Y ddou'n wynebu'i gilydd ynghanol y llawr.

– Ma' fe'n dost, medd y gŵr.

– Pwy?

– Yffach, ti bron mor dal â fi. Brawd dy fam.

– Beth wna'th e?

– Gormod o dose ar dy wyneb di, gormod o nosweithie hwyr.

* * *

Wthnos diwetha fe ges i gynnig mynd i'r golchdy. Yr uchafbwynt, gwylio'r tywelion, y cryse'n troi yn y peiriant. Fel byd arall, am gwpwl o funude anghofies i'n hunan. Ond un bore fe ddodes i'r dillad mochedd ar y pentwr anghywir. Symud wedyn i frwsho'r llorie. Withe, pryd ma'r gole'n diffodd yn y stafell wely, pryd 'wy'n gryndo ar rai'n ochneidio, rhai'n gweiddi, pryd ma'r dryse mowr yn 'y mhen i'n symud ychydig o fodfeddi, 'wy'n meddwl am y bore braf pryd bydd pawb yn y maes parcio'n sefyll amdana i.

* * *

Ma'n rhy braf i adolygu berfe Ffrangeg afreoledd, heb sôn am y Modd Dibynnol. Mam a Dad yn ishte yn yr ardd, y ffenest ar agor.

– Beth ddigwyddodd i'r ferch fach, swil? medd Dad.

– Wedi tyfu.

– Rhy ewn.

– Wnei di ddim cyfadde. Hi sy'n iawn.

Dad yn peswch. – Beth yw pwynt agor hen friwie?

– Iacháu?

– Swno fel pregeth.

– Ble ti'n mynd?

– Sbel.

– Yr ateb i bopeth.

Arholiade mewn tair wthnos. 'Wy'n falch 'mod i'n cymryd hanes; awch ar y meddwl. Hanes ddim yn ailadrodd 'i hun, medde Batman yn y dosbarth. Ddim yn siŵr. 'Yn hoff gyfnod i yw'r tridege – Yr Almaen, Hitler yn dod i rym, yn delio gyda'i wrthwynebwyr, yn trial 'u dileu nhw o hanes ...

Byd arall

Do'dd e ddim yn siŵr faint fydde'n dod, e-bost wedi awgrymu deg ar y mwya. Tr'eni.

Ar y bws eisteddai'r dyn a'i wraig yn y cefen ond, am fod y gyrrwr yn mynd dros y twmpathe'n glou, symudodd y ddou i'r cenol. Do'dd deg ddim yn llawer, meddyliodd y dyn, wedi bod yn y gwaith am ugen mlynedd. Walle bod rhai'n dod lawr o'r gogledd. Ro'dd wedi gadel ers mish, fel bod ar 'i wylie, ddim yn siŵr pryd bydde fe'n mynd yn ôl.

Pan gyrhaeddon nhw'r dafarn orlawn doedd neb o'r criw yno. Anfonodd y dyn neges destun a phan gyrhaeddodd y criw o dafarn arall ro'dd yn siglo dwylo fel gwleidydd cyn etholiad. 'Mla'n â nhw i'r tŷ byta Eidaledd ar yr Hewl Fawr yn Llandaf, y weinyddes yn 'u cyfarch nhw.

– *Come sta?* medde'r dyn, gan gofio beth ddysgodd e mewn dosbarth nos.

– Yn dod o Sblot, medde hi, yn pwynto at y llawr cynta ble o'dd bord hir.

– Beth wnei di? medde'r golygydd, wrth ddringo'r grisie.

– Ddim yn siŵr, medde'r dyn, – trafaelu, sgrifennu. Cadw patrwm, gobitho.

– Ti'n difaru?

– 'So i'n credu.

Yr areithie'n llawn o ymadroddion fel 'cyfraniad nodedig', 'ymroddiad di-dor' ac ati. Withe ro'dd yn ame taw fe o'dd y dyn dan sylw a chofiodd stori am Wyddel mewn priodas yn Llunden, y ddwy ochor yn meddwl 'i fod yn perthyn i'r teulu arall, ond y dyn yn y diwedd yn sylweddoli ei fod yn y briodas anghywir.

– O's rhywun arall moyn gweud rhywbeth? medde'r golygydd.

– Chi'n moyn e'n ôl? medde'i wraig.

Dododd y dyn yr anrhegion o dan y ford, potel o win *Chateau Neuf du Pape*, tirlun y Mynydd Du, llyfyr bach du'n cynnwys sylwade'i gyd-weithwyr. Byddwn yn gweld ishe'r llais uchel, medde un. Am hanner awr wedi un ar ddeg ro'dd potel hanner llawn o win coch ar y ford.

– Beth ti'n neud? medde'i wraig.

– Mynd â hi.

– Paid.

– Pam lai? Cwatodd y botel dan 'i got.

Tu fas ro'dd hi'n dechre bwrw.

– Peint? medde Ifan, un o'r newyddiadurwyr ifanc o'r gogledd.

– Dala'r bws ola, medde'r dyn.

– Elli di gael tacsi nes ymlaen.

– Diolch am bopeth.

– Paid bod yn ddierth, medde Susan yn 'i gofleidio. – Bydd colled fawr ...

– Swno fel stori ar ôl i rywun farw. Wedi sgrifennu digon o reiny.

– Dere, medde'i wraig.

Rhedodd y ddau i'r gornel. Estynnodd 'i fraich, y bws wrth y safle bws ar fin gadel ond stopiodd y gyrrwr. Eisteddodd y ddau yn y ffrynt y tro hwn.

– Shwd ti'n twmlo? medde'i wraig.

– Yn wag.

– Digon i fyta.

Rhywbryd fe fydde fe'n croesi ffin, meddyliodd, a sylweddoli na fydde fe'n ca'l mynd yn ôl i'r gwaith. – Twll bach yn 'yn stwmog i o hyd.

Edrychodd ei wraig arno fel athrawes ar grwt bach o'dd wedi neud rhywbeth yn 'i drwser.

* * *

Mish arall wedi mynd hibo, larwm yn 'i ben, dihuno am whech o'r gloch, ond y shifft fore wedi diflannu, dim angen cawod y noson gynt er mwyn arbed amser, dim tra'd ô'r ar y carped, dim gyrru trw'r tywyllwch.

Trodd yn y gwely, wynebu'r shilff a'r pentwr o ffeilie'n magu llwch. Yn yr hen ddyddie y wefr o'dd targedu dyn drwg adeg ymchwiliad a dyfeisio sut i'w faglu. Ro'dd 'i ferch, Nia, yn amal wedi gofyn: Pryd ma' Dadi'n dod adre? oherwydd y twrio, y ffono, y ffilmo. Chafodd e ddim cyfle i weld y cyfnod pwysig pan o'dd hi'n tyfu. Penderfynodd y dyle fe fynd i Newcastle i'w gweld hi.

Trodd eto, wynebu'r drws. Clywai drên yn mynd hibo. Meddyliodd am y menwod ifanc yn ymbincio, y dynion yn hanner cysgu neu'n darllen papur. O leia ro'dd amserlen yn 'u bywyd nhw. Gwenodd. Yn ystod yr wythnos ola ro'dd yn gorfod mynd i Lunden achos cwrs ymddeol – dysgu shwd i fuddsoddi arian, garddio, cadw'n heini. Yr uchafbwynt o'dd mynd i glwb jazz Ronnie Scott yn y nos. Ddim yn cofio llawer, dim ond colli'i allwedd, a'i wobor o'dd selsig harn i frecwast yn y llety yn Shepherd's Bush.

Dihunodd am naw. Mor braf, gorwedd yn y gwely tra o'dd y byd yn mynd yn ei fla'n. Anodd mynd 'nôl i gysgu, cymydog yn llifo co'd. Cododd. Fe fydde'i wraig yn yr ysgol tan bump, hi'n ymddeol mewn mish; tipyn o her, gweld 'i gilydd am dair awr ar ddeg bob dydd yn lle tair. O'dd cwrs addasu ar ga'l? Am ddeg trodd y teledu 'mla'n, gohebydd yn Llunden yn dadansoddi mesur newydd nes 'i fod yn ddiystyr i bobol gyffredin. Diffoddodd y set. Byd arall, yn falch 'i fod wedi dianc.

* * *

Gwisgodd yr un crys am y trydydd diwrnod ac edrych trw'r ffenest. Ro'dd y tŷ hanner canllath o'r hewl fawr, yn ddigon pell o sŵn y lorïau. Ond 'se damwen yn digwydd, a fydde fe'n sefyll fel postyn neu'n casglu manylion oddi wrth lyged-dystion, ffono'r manylion i'r swyddfa? Gad hi, boi, ti wedi neud dy siâr.

Fe gofiodd ddiwrnod o wanwyn, trafaelu i Aberteifi i holi pump am agor y castell, cyfweliade da yn barod i'w golygu yng Nghaerfyrddin. Wedyn galwad ffôn – golygydd y ddesg newyddion.

– Ma' ishe ti fynd i Lanwrda.

Ar y pryd ro'dd yn twmlo fel clwtyn llestri. Fe fydde risg o ga'l damwen ond 'i ddadleuon yn swno'n wanllyd.

– Dwi'n dy orchymyn di, medde hi.

Gwynt teg ar 'i hôl hi.

Ar yr hewl fawr fe welai hen fenyw'n hwpo troli, cymdoges, cyn-brifathrawes, a phob bore yr un amser, hanner awr wedi deg, ro'dd hi'n mynd i'r Co-op. Er 'i bod hi yn 'i hwythdege, ro'dd hi'n cered yn urddasol. Fe gofiodd deulu'n cered i mewn i wasaneth mewn capel yng Ngwynedd. Mam 'i ffrind gore wedi marw'n bedwar deg o'd. Pan a'th y dyn i'r festri i fyta brechdan, sylwodd fod neges: Mater o frys, ffonia.

– Hwn yn gais anarferol, medde'r cynhyrchydd. – Holi cyn-filwr naw deg pump o'd yn Llandudno. Neb arall ar ga'l. Hylô?

– Ie.

– Rho wbod beth sy'n digwydd. Ti'n iawn?

– O dan yr amgylchiade.

– Diolch.

Rhag 'i chywilydd hi, meddyliodd. A'th y dyn lawr i'r gegin a berwi'r tecil. Paratôdd ddyshgled o goffi ac eistedd wrth y ford. O'dd, ro'dd cyfnod newydd wedi dechre, heb gellwer 'i gyd-weithwyr, ias sgrifennu stori newydd dorri, wep pennaeth yn cwmpo oherwydd cwestiwn lletwith.

Cyment i edrych 'mla'n ato, trafaelu i wledydd nad o'dd e erio'd wedi bod ynddyn nhw – Chile, Ariannin, Brasil. Popeth o fewn gafel.

Am y tro cynta fe welai ddyn yn paragleidio dros y cwm 'rôl camu o'r mynydd. Yn fregus yn yr awyr ond y panorama odditano'n wych, siŵr o fod. Fydde *fe*'n mentro? Ddim yn siŵr, y risg o'dd glanio yn yr afon.

Os o'dd gwers, meddyliodd, hon o'dd hi: neb yn gwbod beth alle ddigwydd nesa. Cofiodd y prynhawn pan o'dd wedi bod o fla'n 'i gyfrifiadur yn whare solitaire gan fod ffynnon straeon yn sych. Daeth copi miwn ar y sgrin, dyn pum deg oed wedi marw mewn fflat ym Mangor. A'th i'r ffreutur i ôl coffi Americano. Dim digon o fanylion i neud stori oedd yn haeddu sylw'n lleol, nage ar wefan genedlaethol. Pan ddaeth e'n ôl, pawb yn lladd nadro'dd. Bardd cenedlaethol o'dd y dyn.

Cododd o'r gader. Ro'dd y fowlen yn llawn o lestri a'r rhestr ar y ford yn hir, gan gynnwys hwfro, dwsto, torri'r glaswellt. Twll. Ar 'i ffôn teipiodd fanylion y safle bws a da'th neges, y bws nesa mewn pum munud. Pam lai? Rhywbeth yn 'i dynnu i genol y ddinas.

Hanner awr o siwrne. Er bod y ffenestri i gyd ar agor ro'dd e'n hwsu fel mochyn. Estynnodd 'i law, dim rhyfedd, yr injan yn y cefen, o dan 'i sedd. Symudodd i sedd wag hanner ffordd lawr. Ro'dd yn amlwg bod y gyrwyr i gyd wedi dilyn yr un cwrs hyfforddi, brecio'n sydyn yn ystod yr eiliade ola. Camodd o'r bws yn Hewl y Gogledd a dilyn 'i drwyn. Ym Mharc Biwt ro'dd myfyrwyr yn loncan, yn Heol y Porth ro'dd ymwelwyr yn byta yn Wetherspoons ac yn Heol yr Eglwys Fair ro'dd dwsine yn pori mewn stondine bach.

Cyrhaeddodd Arcêd Morgan a whilo am hen safle'r Bar Sarsaparilla, yr un o'dd wedi mynd iddo fe yn y wheched dosbarth. Gofynnodd i ddau berchennog.

– Dim clem, sgip.

– Beth yw sarsaparilla?

Cyrhaeddodd Arcêd Wyndham a whilo am hen safle Siop y Triban ble o'dd casgliad da wedi bod o lyfre ail-law. Os o'dd e'n cofio'n iawn, ro'dd y perchennog wedi symud i Lydaw, wedi dod yn dywysydd. Holodd yn y siope a'r caffi gerllaw.

– Ffaelu helpu.

– Cyn ein hamser ni.

– Trïwch rywle arall.

– Pwy y'ch chi?

Y blynydde wedi mynd, popeth wedi newid, geirie wedi'u rhwto oddi ar fwrdd du. Penderfynodd fynd i'r llyfrgell er mwyn ca'l pip ar gyfarwyddiadur fydde'n dangos lleoliad siope yn 1970. Ar yr ail lawr ro'dd disgyblion ysgol yn wherthin, gweiddi a photsian yn lle gweithio, a'r staff ddim yn cymryd sylw. Yn yr hen ddyddie, meddyliodd, fe fydde llyfrgellydd tal â llyged gwyllt wedi rhoi rhybudd terfynol.

Ar y trydydd llawr sylwodd fod cyfres o lyfre am hanes y ddinas a dewisodd un ar hap cyn ishte wrth y ffenest. Y tudalenne cenol agorodd. Cyffyrddodd â llun du a gwyn o stafell newyddion fel 'se fe'n rhwto lamp hud. Tr'eni na alle'r llun ddod yn fyw fel y clywai glindarddach y teipiaduron, rhegi'r newyddiadurwyr, gweiddi'r golygydd.

Node lleddf

Allen i 'i lladd hi, Angela, 'yn ffrind gore, sy wedi 'nghyflwyno i i'r 'capten' yn y caffi yn Heol Albany cyn diflannu. 'I hesgus hi, mynd at y deintydd, ond 'i dannedd hi fel rhai Tony Blair. Ond ro'dd syched arna i 'rôl cario dou fag trwm cyn gryndo ar 'i straeon rhyfel.

– Ry'n ni'n debyg, medde fe, ar ddiwedd y drydedd stori.

– Chi'n meddwl?

– Coffi arall? Ble chi'n mynd?

– Ma'n flin 'da fi. Awyr iach.

Fe'n edrych arna i fel 'sen i'n gadel gwersyll heb ganiatâd.

* * *

Nage 'yn syniad i yw hwn. O'n i'n moyn gwylio *Noson Lawen* Eisteddfod Shir Gâr ond, wrth lwc, Len drws nesa wedi dangos shwd i recordio'r rhaglen. Wedi neud ymdrech, pyrnu ffrog, ddim ishe rhoi cyfle i Glesni a'i ffrindie ledu sibrydion os nag o'n i'n mynd. Mêl ar 'u bysedd nhw.

Yn y neuadd 'wy'n ishte wrth ochor Winni, sy'n edrych fel Ann Griffiths ond ddim yn dduwiol o gwbwl.

– Pam? medd hi.

– Pam beth?

– Ti heb briodi?

– 'Rôl Eric? Ddim yn gwbod, fel sefyll a'r bws iawn ddim yn cyrredd. O gil 'yn llygad 'wy'n sylwi, dyn yn edrych arna i, gwallt gole, rhy hir. Bardd? Yn ishte ar y pen. – Pwy yw e?

– Dan Jenkins, gofalwr yr ysgol fach.

– Gwên siriol.

– Bydd yn garcus.

'Rôl y cino, grŵp gwerin yn canu a rhai'n mentro i ddanso. Winnie ddim yn yfed alcohol, ddim yn cytuno gyda hi, ond 'wy'n ca'l ambell i sieri. Y bledren yn wan, goffod mynd i'r tŷ bach. Pan 'wy'n gadel, ma' Dan yn y coridor, yn pwyso yn erbyn wal.

– Nosweth dda, ni'n cwrdd o'r diwedd. Ffrog hyfryd.

– Ail law, Oxfam.

– Llyged pert.

– Pryd gest ti brawf llyged?

Am ryw reswm 'i law dde tu ôl 'i gefen. Wedyn yr uchelwydd yn hongan yn fygythiol. – Cusan fach? Ma' fe'n cytsho.

– Gad fi fod, y mochyn.

– Aw.

'Na olwg arno fe'n gorwedd ar y llawr, yn haeddu Oscar. Ddaw e ddim yn agos 'to.

* * *

Y mish bach yn rhy hir, iâ ar y pafin, neb yn gwenu. Ond un bore daw llythyr: Dewi, ffrind yn y gwaith yn yr hen ddyddie, 'i wraig e wedi marw'r llynedd. Wedodd e y bydde fe yn nhŷ byta'r Sandringham ddydd Sul am hanner dydd. 'Na le o'dd Eric a fi'n arfer mynd os nag o'n i'n ffansïo cwcan.

Ma' fe'n ishte wrth y ffenest, yn darllen y fwydlen.

– Sefyll yn hir?

– Y bws yn gynnar, medd Dewi.

– Syrpréis.

– Mwy o syrpréis, dy weld di.

– Cer o 'ma.

Ni'n archebu dou goffi.

– Bwyd? medd y weinyddes ifanc bum munud wedyn.

– Dim 'to, medd Dewi.

Hi'n diflannu.

– Ti'n deyrn.

– Os yw prifathro'n ymddeol, byth yn newid.

Gwên ddireidus, fel Eric. Cig o'n iddo fe, ffowlyn i fi. Ry'n ni'n wherthin nes ein bod ni'n wan, nes bod pobol wrth y bordydd nesa'n troi. Straeon am y gwaith, y llwyfan yn cwmpo pan agoron nhw'r adeilad newydd, y maer yn colli'i gadwyn 'rôl meddwi ... Pan yw Dewi'n estyn 'i law 'wy'n gwgu. Fe'n tynnu'i law 'nôl.

– Penwthnos nesa?

– Gad i fi feddwl ...

– Ffansïo trip? Dinbych-y-pysgod.

– Alla i ddim.

– Dy hoff le di.

– Ond ...

– Paid becso, stafello'dd ar wahân.

– Dim pwdin, yn llawn.

* * *

'Wy'n tynnu 'nghot ar y llwybyr ar bwys Tra'th y Gogledd.

– Mwynhau?

– Odw.

– Siŵr?

– Fel byd arall.

Ma' fe'n pwynto. – Hufen iâ?

– Pam lai?

Fe'n troi'n ôl. – Yn wyrth.

– Beth?

– Y tra'th, cymint o olew wedi gollwng o'r llong, treiddio i bob man ... Blas mafon, os 'wy'n cofio'n iawn.

– Shwd ...?

– Dyfalu.

Saith o'r gloch, penderfynu byta yn y gwesty. Yn y cyntedd y perchennog, ei siwt mor esmwth â'i dafod, yn gweud: Ewch drwodd i'r stafell fawr, ar fin gweini bwyd.

Dewi'n cytsho yn 'y mraich i. – Twmlo'n fentrus?

– Wel ...

– Y rhagolwg yn dda, tywydd braf fory. Noson arall?

– Man a man a shanco.

'Rôl y pryd 'wy'n edrych 'mla'n at ga'l sbel o fla'n y teledu yn y lolfa ond dyw Dewi ddim yn un sy'n sefyll yn llonydd.

– Af i ôl dy got di rhag ofan.

– Wel, oréit, syniad da. Yr hoe'n troi'n wylie antur.

– Beth wedest ti?

– Dim byd.

Ry'n ni'n arafu wrth ddringo'r tyle ac yn stopo, yn troi, yn edrych ar y bae.

– Anadla'r awyr iach, medd Dewi.

– Cysgu'n dda heno.

– Daw cyfle 'to.

– Gobitho.

Mewn pum munud ry'n ni'n agosáu at gornel ble ma' neuadd, 'i dryse ar agor, cân jazz yn llifo lawr y tyle, clarinetydd yn canu 'Melancholy Blues'. Node lleddf.

– Twmlo'n iawn?

– Dewi, allwn ni fynd 'nôl?

– Dim problem.

– Hynny yw, i Gyrdydd.

Y daith 'nôl yn hirach, wrth adel Dinbych-y-pysgod yn sylweddoli bod y tanc bron yn wag.

– 'Wy'n rhy hen i hwpo car.

– Tanc wrth gefen, medd Dewi. – Ddim yn ddiwedd y byd.

– Ti'n siŵr?

Wrth lwc, garej ar agor ar bwys Sanclêr, dyn yn hepian tu ôl y cownter.

– Y dyn yn grac, medd Dewi.

– Beth wedest ti?

– Gofyn, 'na i gyd. Os o'dd e'n fishi.

Fe gyrhaeddwn ni'r tŷ yn y Tyllgoed am hanner awr wedi hanner nos.

– Ti wedi bod yn garedig.

Fe'n edrych ar y ffenest fla'n. – Paid anghofio dy fag.

Miwn â fi i'r parlwr heb dynnu 'nghot, edrych ar lun ohono yn 'i dei fwa, cot ddanso. Fe fyddet ti'n grac, Eric, 'set ti'n gwbod. Ti'n cofio? 1951, Neuadd y Ddinas, y ddans ola, node lleddf, dathlu ein bod ni wedi dod o hyd i'n gilydd. Neb arall, dim ond ni'n dou.

Fel y dur

Cyn i'r sboner danio injan y Mondeo gofynnodd ei wejen
– Wedi cloi'r drws cefen?

Nodiodd.

– Y ddwy follt?

– Wel ...

– Cer 'nôl, plis.

Ro'dd e bron â thynnu'r allwedd ond newidiodd 'i feddwl. – Ni'n hwyr.

Am ddeg munud ro'dd hi'n dawel cyn cyrredd Gwaelod-y-garth. – Paid gadel fi ar ben 'yn hunan, yn enwedig os 'wy ar bwys *prima donna* sy'n cyflwyno'r newyddion. Pam ti'n gwenu?

– Dishgwl 'mla'n, ymlacio 'da'n gilydd.

Ro'dd ugen yn y stafell fyta a'r gegin, y rhan fwya o'r byd teledu a drama, ac a'th y sboner i'r gegin â photel o win coch. Cytshodd dyn barfog yng nghanol y wejen a dweud bod 'i ffrog yn 'i atgoffa o'r haul yn codi ar dra'th yn Maiorca.

– Chi'n fardd? medde hi.

– Yn y Bîb.

– Adran Ddrama?

– Diogelwch.

Hanner awr 'rôl cyrredd, pan o'dd y sboner yn adrodd straeon am 'i droeon trwstan fel cyw-newyddiadurwr wrth flonden yn y gornel, cyffyrddodd 'i wejen â'i ysgwydd.

– Joio? medde fe.

– Dishgwl ar 'yn wyneb i.

– Ma' 'da fi chydig o dabledi yn 'y mag i, medde'r flonden.

Cytshodd y wejen ym mraich 'i sboner. Sibrydodd yn 'i glust. – Dere neu sbadda i di.

– Esgusoda fi, medde'r sboner wrth y flonden a gwenu'n
wanllyd.

– Fi sy'n gyrru, medde'r wejen tu fas i'r tŷ.

– Heb ga'l cyfle i ymddiheuro.

Taniodd hi'r injan a gyrru. – Pwy o'dd hi?

– Gêr anghywir.

– Dy lyged di ar 'i bronne hi drw'r amser.

– Honna, dim gwaelod iddi. Watsha'r gath 'na, un ddu.

*   *   *

Nos Lun fe gyrhaeddodd hi'n ôl yn gynt nag arfer, am
bump, dim cyfarfod staff. Ro'dd e'n ishte ar y soffa'n
gwylio'r teledu. – Beth gewn ni i gino?

– Wedi siopa?

– O'n i fod i?

– Dim byd yn y rhewgell. Ti'n byw 'ma 'fyd.

Cododd. – Cau dy lyged. Rhedodd i'r cyntedd a'u nôl
a'u dodi nhw yn 'i llaw, tusw o rosynnod.

– Beth yw'r rhein?

– Af i ôl cyrri a wedyn ... beth am wylio ffilm yn y
gwely?

Cododd 'i phen. – Y cytundeb wedi'i estyn tan fis
Gorffennaf.

– Grêt.

– Ond arolwg mewn pythywnos.

– Drosodd yn glou.

– Beth yw hwn? Cyffyrddodd â llwch ar ben y set
deledu.

*   *   *

Bore Sadwrn fe gododd am wyth, byta'i dost a mynd â llond bowlen o uwd i'r stafell wely. – Ma'n braf, rhagolygon da.

– Well i ni droi'r gwres lawr.

– Bryste, ar y trên? Heb fod ers ache.

– Yr uwd ... ddim yn drwchus.

– Os y'n ni'n mynd, fe ddylen ni adel am ddeg. Mewn hanner awr fe waeddodd o waelod y stâr – Ti wedi codi? A'th i'r Co-op i brynu *Western Mail*.

Da'th hi lawr am un ar ddeg a sefyll yn 'i phyjamas wrth waelod y stâr.

– Ti heb ymolch na gwisgo.

– Lot i' neud yn y tŷ.

– Fel beth?

– Agor dy lyged, wnei di? Ma'r lle fel twlc.

– Cyfle fory.

– Na.

Cytshodd yn 'i got.

– Ble ti'n mynd?

– Trên miwn deg munud.

– Pryd byddi di'n ôl?

– Gewn ni weld, ife?

Caeodd drws y ffrynt. Diawliodd e o dan ei hana'l, wedi gadel 'i ffôn newydd ar ford y cyntedd.

* * *

Ro'dd potel o win coch wedi'i hagor, yr un ore ar gyfer y Nadolig. Pan gyrhaeddodd e'n ôl ro'dd hi yn y gegin yn ishte wrth y ford. – Wedi ca'l bwyd?

– Do, diolch.

– Welest ti rywun?

– Y lle fel ffair. Gwin ar ôl?

– Helpa dy hunan ... anghofies i weud ...

– Rhywbeth difyr?

Fflachiodd 'i llyged hi. – Es i weld y doctor ddydd Iou. Dododd 'i wydyr i lawr. – Ti ddim yn ...

– Er i ti fwrw dy had fel stalwyn ar draws y de-ddwyren cyn cwrdd â fi, ti ddim wedi llwyddo 'to.

– Ni wedi bod yn trial ers sbel.

Gwenodd hi, gwên pennaeth yn wfftio syniad gweithiwr newydd. – Wedodd y doctor y dylen ni gyfadde ac y bydde d'ymateb di'n dangos ... os wyt ti o ddifri neu beidio.

– Llenwa'r gwydyr, wnei di?

Edrychai hi ar y ford. – Ti'n cofio? Fi a Sandra'n mynd i Abertawe tra bod ti yn y gynhadledd yn Birmingham.

– Yr un yn trafod pwyse gwaith.

– Yn y nos, cwrddon ni â dou fachan. Trial helpu Sandra o'n i. Yr un 'da fi ddim yn sbesial, dim ots am 'ny ... Cododd 'i phen ac edrych ar yr ardd. – Sefon ni yn y gwesty am awr.

– A?

– Ddigwyddodd dim byd.

– Edrych arna i.

– Dim yw dim.

Cytshodd yn 'i braich hi. – Est ti i'r gwely?

– Rhannu gwely, 'na i gyd.

Gollyngodd 'i braich hi. Cododd.

* * *

Er bod yr awr hapus wedi dechre, llond dwrn o'dd yn y bar.

– Wisgi. Dwbwl.

– Diwrnod caled?

Nodiodd. – Beth amdanat ti, Lizzie?

– Yr uchafbwynt, amser cino, gryndo ar y cynghorydd yn canmol 'i hunan.

– O, fe? Yr un lwyddodd i ddenu ffatri pan o'dd e'n cysgu ar y soffa 'rôl gormod o gwrw. Closiodd ati. – Ddim moyn gwbod dy oedran di ... yn siŵr taw corff menyw dri deg o'd sy o dan y top 'na.

Estynnodd 'i llaw. – Gormod o geg, dim digon o egni.

Eisteddodd wrth y ffenest ble o'dd wedi cwrdd â'i wejen y tro cynta a chynnig mynd â hi i ddans yn y ddinas. Blynydde mawr yn ôl, cariad fel y dur. Ar y teledu fe glywai wherthin ffug gêm gwis. Edrychodd ar ben-ôl Lizzie wrth iddi sefyll ar ben stôl a newid y sianel. Yna siaradodd gohebydd ifanc, 'i wallt yn wlyb diferu yn y glaw trwm. – Ac ma'r hen bont, fu yma ers ache, yn ca'l 'i sgubo i ffwrdd lawr yr afon. Pwy feddylie?

Map y dyfodol

Pryd ma' hyn yn digwydd, ti'n colli map y dyfodol, medd rhai sy'n galw eu hunen yn arbenigwyr.

'Na ddiwrnod, pobol alle fod yn rhan o stori ddim yn ffono'n ôl. Ofan? Diogi? Pan gyrhaeddes i'r tŷ, ro'dd nodyn yn y lle arferol, ar ford y gegin. Nos Lun, fel arfer fe fydde hi'n moyn lifft o'r wers ioga yn Nhreganna, yr un o'dd yn 'i helpu i ddygymod â'r pwyse. 'Rôl darllen y nodyn rhythes i ar yr ardd, canghenne'r dderwen dan chwip y gwynt.

Bore wedyn, y gwanwyn wedi dod, 'wy'n pego dillad ar y lein. Luned drws nesa wedi pego'i dillad hi'n barod, yn dala record y byd. Dyw hi ddim wedi pwyso ar y wal 'to a gofyn cwestiyne. Os o'dd hi'n slashen yn ifanc, tr'eni am y blew dan 'i gwefus isa. Fel gafr.

Cwestiyne, digon i' ga'l. Walle bod rhywbeth yn crynhoi rhwng fi a'r wraig dros y blynydde fel llaid mewn aber. Ife'r daith i gynhadledd yr undeb yn Scarborough o'dd y trobwynt? Dim lot o gliwie yn y nodyn:

Annwyl?

Dwi'n mynd. Gofala am Jac, ddim yn dod 'nôl.

Yr ast, 'i harddull hi'n wahanol wrth annerch myfyrwyr. Dyn arall? Ro'dd hi yn bert. O'dd hi'n mynd rhywle arall yn lle'r wers ioga? Gwên wastod ar 'i hwyneb hi pan o'dd hi'n cyrredd y car.

Yffach, y lein ddillad wedi jamo, yn goffod ffono rhywun. Os 'wy'n ddi-glem, ife hwnna o'dd y rheswm? Nage hi sy wedi mynd, y rhwydwaith. 'Wy'n golchi'r llestri, yn gweld Luned yn sgubo'r llwybyr, yn pipo dros y wal bob munud. Hi o'dd trobwynt yr Ail Ryfel Byd. Radar. Un ar ddeg, Jac 'nôl o'r ysgol mewn pump awr. 'Na sbort a sbri ...

* * *

Nos Wener, whech o'r gloch, y rhewgell yn wag. Dirgelwch. Draw â fi i'r tŷ byta yn Hewl Ddwyreiniol y Bont-faen, Jac yn dwlu ar jalfrezi.

– Misus yn iawn? medd Sam.

– Gobitho.

'I wên yn toddi wrth weld yr olwg ar 'yn wyneb i.

Yn ein stafell fyta y teledu 'mla'n, Jac yn gwylio Man U yn erbyn Real Madrid. Hanner amser, cyfle inni rannu sylwade.

– Ti'n dawel, Dad.

– Yn meddwl.

– Meddwl gormod ddim yn neud lles, medd Mrs Huws, Add Gref.

– Pwy?

Jac yn dodi'i blât gwag ar y carped. – Beth ddigwyddodd? Cwmpo mas?

– Erio'd, o dy fla'n di ... ma'n od, o'dd hi ddim yn lico newid ...

Jac yn mynd â'i blât i'r gegin cyn dod 'nôl. – Dim ond un ateb.

– Ie?

– Neud rhywbeth, fel lefel A. Gei di sefyll arholiade yn lle fi.

– Cer i'r jawl. Sori.

Jac yn codi, diffodd y set. – Dere, ewn ni am dro.

– Ble?

– Y parc.

– Gormod o atgofion.

– Bydd yn ddewr. Fe'n clymu 'i lasys. – O't ti ar fai 'te?

– Nago'n i.

– Da iawn, Dad, byth yn cyfadde.

* * *

Stori yn y *Guardian* y bore 'ma, nofel ym mhob un. Draw â fi i'r llyfrgell yn y prynhawn ac yn y cefen ro'dd dyn â gwallt hir, seimllyd, yn dala papur newydd, yn rhythu ar wal. Druan ag e, wedi dod miwn i ga'l twymad. Digon o ddewis ar y shilff, *Meddwl fel Nofelydd*, *Ymddwyn fel Nofelydd*. Yn meddwl am deitle dychmygol fel *Arfer Bod yn Nofelydd*, *Methu fel Nofelydd*, *Byd Arall ar ôl Bod yn Nofelydd* ...

– Hwn yw'r un gore, medde'r fenyw ganol o'd, 'i gwallt hi fel enfys. – *Cynllunio'r Nofel*. Chi'n sgrifennu?

– Y mab.

– Wedi ca'l lwc?

– Gwrthod.

– Dal ati.

Am bedwar cyrhaeddes i'r tŷ ac ro'dd bag ysgol Jac yn y cyntedd. Gwaeddes i o waelod y stâr. – Ti'n iawn, Jac? Jac?

– Paid gweiddi.

– Yn gwitho?

– Odw.

– Tro gêm Quest Hero bant 'te.

– Ond Dad ...

Fel crwt o'dd newydd ga'l anrheg es miwn i'r fyfyrgell a darllen y bennod gynta. Yn y bôn, medde'r llyfyr, ro'dd cynllun deg pwynt fydde'n delio gyda phob problem bosib. Un ar gyfer unigrwydd?

Rywbryd yn ddiweddarach, pipodd Jac 'i ben rownd y drws. – Ca'l hwyl?

– Lot o syniade da.

– Ti'n meddwl?

– Newydd ga'l y llyfyr, Jac.

Fe dda'th e miwn ac edrych ar y shilffo'dd. – Cofia, dim llawer yn llwyddo.

– Cofia, arholiade mewn pythewnos.

Tynnodd lyfyr o'r shilff ucha. – Ma' hi'n rhy heulog.

– Meddylia am yr holl ddyddie heulog o dy fla'n di.

– Ti'n ormod o freuddwydiwr, Dad. Ble ti'n meddwl ma' Mam?

– Cer.

Cau'r llyfyr mewn dwy funud, jawl erio'd, y mieri wedi tyfu'n glou ar bwys y sied. Ro'dd hi'n arfer sefyll fel plismones wrth ddrws y gegin yn jocan ('wy'n meddwl) bod y Fiet Cong yn arfer hyfforddi yn ein gardd ni.

* * *

Yr haul yn boddi'r glaswellt, yr awel yn fain. Heb glywed Jac yn cyrredd. Y llyfyr yn gweud bod ishe asiant yn gynta, llyfre erill yn gweud bod angen dangos amlinelliad o'r nofel neu ychydig o benode i ddarpar asiant. Pwy sy'n iawn? Ma'n ddirgelwch.

Agorodd Jac y drws. – Llwgu?

– Yn canolbwyntio.

– Hanner awr wedi saith, Dad.

– Ti'n siŵr?

– Beth ti'n neud?

– Trydydd drafft.

– Un yn ddigon.

– Dy syniad di yw hwn. Ti'n cofio? Dy awgrym di, angen neud rhywbeth.

– Dy gof yn rhy dda. Odw i yn y plot?

– Syniad da. Fydda i ddim yn hir.

Gadawodd gyda'i gwt rhwng 'i goese. Newides i frawddeg ola'r bennod:

Eisteddai hi ar y fainc ar y cei heb sylwi ar y dyn tal, ifanc ugen llath tu ôl iddi o'dd yn 'i llygadu. Y freuddwyd, medde hi'n amal, o'dd mynd i San Francisco, cymint o genhedlo'dd a phawb yn oddefgar.

* * *

Deg o'r gloch y nos, Jac wedi mynd i'r gwely'n gynnar, arholiad cynta fory. 'Wy o fla'n sgrin yn ateb cwestiyne: gwaith (newyddiadurwr), theatr (yn 'i hoffi), opera (dim diolch), llyfre (yn dwlu arnyn nhw). Wedyn ma' llunie a disgrifiade o fenwod sy'n ca'l 'u hargymell. Iechydwrieth, hon yn bishyn, gwallt gole, hir, llyged gwyrdd, gwefuse trwchus. Ond allen i fyw 'da hi?

Noson o wanwyn yw hi, fel yr un pan o'n ni wedi cered hibo Castell Caerdydd, haid o dwristied yn tynnu llunie o gerflunie'r anifeilied ar y wal.

– Wedi bod yn siarad yn yr ysgol, medde hi.

– 'Na beth od, wir.

– Ni wedi bod yn caru'n dynn.

– Digon gwir.

– Rhai'n meddwl y galle rhywbeth ddigwydd.

– Yn Iran? Gogledd Corea?

– O ddifri.

Digon o siarad wast. Dim ond unweth ma' rhywun yn ca'l cyfle. – Whare teg, ti ddim moyn bod yn hen ferch am byth.

* * *

Prynhawn Sadwrn, cenol Awst, wedi torri'r glaswellt. Jac yn y stafell fyw, yn troi beiro rhwng 'i fysedd.

– Ti'n fishi?

– Paid, Dad.

– Ffona gwpwl o ffrindie. Tro'r set 'mla'n, gêm Man U.

– Anghofies i.

– Rhywbeth ar dy feddwl di? 'Wy'n ishte wrth 'i ochor, yn rhoi braich am 'i ysgwydd. – Bydd popeth yn iawn. Odw i wedi gweud celwydd erio'd?

– Wel ...

– Paid ateb. Ffantastig, Wayne Rooney, yffarn o beniad, agos uffernol.

– Ti'n gweld 'i hishe hi?

– Withe.

Fe'n troi ata i. – Pam a'th hi?

– Ddim yn gwbod.

– O'n i'n meddwl y bydde hi'n ffono. Fe'n edrych lawr. – Wnei di ddod gyda fi ddydd Llun?

– O's rhaid ifi? Yn gwenu. – Jocan. Pryd ma'r canlyniade'n ca'l 'u cyhoeddi?

– Naw.

– Safa i yn y car, ddim ishe hala cywilydd ar neb.

– Diolch, Dad.

'Wy'n troi sŵn y set lawr. – Ble ti'n moyn mynd?

– Warwick. A, B, B. Beth sy'n bod?

– Tr'eni 'mod i ddim dy oedran di.

Fe glywn ni rywbeth yn cwympo ar deils y cyntedd.

– Postman yn hwyr, medd Jac.

– Bil, siŵr o fod.

Llais undonog y sylwebydd. Gôl arall, 1–1.

Sŵn llusgo tra'd yn y cyntedd cyn agor amlen frown, blaen.

– Dad, ti'n gwenu.

'Wy'n twlu'r llythyr yn yr awyr, yn 'i gofleidio. – Comisiwn ... sgrifennu nofel ... newid popeth. Wel, gwena.

– Ma'r rhewgell yn wag.

Dulche de leche

Y freuddwyd bron ar ben. Isabella wedi gadel nodyn ar ford fach y fflat, 'i bod hi yn Plaza de Galicia. Fe gyrhaeddes i'r caffi am ddeg ac yn y gornel ro'dd hi fel cneuen 'rôl cerdded ar hyd y llwybr i Santiago de Compostela. Ro'n i fel twrci.

– Gysgest ti'n iawn? medde hi.

– Do. Yn meddwl y bydde'r llety'n brid yng nghanol y ddinas.

– Dibynnu ble ti'n mynd. Coffi?

– Iawn.

– Tria'r tostadas. Cododd 'i llaw ar y gweinydd.

– 'Wy'n falch bod ni wedi cwrdd.

– A fi, medde hi.

– Cyd-ddigwyddiad, bod ni ar goll bum deg milltir o ben y daith. Ond lwcus bod ni heb drafod Rhyfel y Malvinas.

Gwenodd. – O'n i ddim yn gwbod llawer am Batagonia.

– 'Na syniad, mentro i wlad filo'dd o filltiro'dd bant.

Cododd 'i phen. – Dwi'n 'u hedmygu nhw.

Ethon ni am dro byr, hi'n dala tacsi mewn hanner awr.

– 'Nôl yn y gwaith ddydd Llun, medde hi.

– Ti'n ca'l hwyl?

– Teipo adroddiade am leithder tai. Beth ti'n 'feddwl?

O bell fe welon ni'r eglwys gadeiriol a'i phensaernïaeth faróc.

– A ti?

– Gwitho tu ôl bar, llancie, sy'n meddwl 'u bod yn soffistigedig, yn edrych ar 'y mronne i.

– O's breuddwyd?

– Ffaeles i'r flwyddyn gynta yn y coleg.

– Popeth yn brofiad.

Pan stopon ni o fla'n arwydd ffenest siop fawr cododd hi'i hysgwydde.

– Sbaeneg yr Ariannin yn wahanol?

– Beth am ... brofi hynny dy hun? Wincodd.

Fe gofleidies i hi.

– Nosweithie hwyr yn llawn o'r tango a Malbec. Danso?

– Dim llawer.

– Tango'n fwy cymhleth na beth ma' rhywun yn 'i weld ar y teledu. Mwya ti'n 'i wbod, mwya ti angen 'i wbod.

– 'Na beth ddigwyddodd 'da'r hen sboner.

* * *

Ym Maes Awyr Ezeiza 'wy fel croten mewn syrcas am y tro cynta er bod deg awr o daith wedi bod o Fryste. – Capital Federal, plis.

Y gyrrwr tal yn gwenu wrth gario'r ddau gês i'r gist. Ddim yn siŵr a yw'r sedde cefen yn lleder neu blastig ond maen nhw'n gyffyrddus. 'Wy fel seren ffilm ar 'i ffordd i noson wobrwyo. Isabella newydd hala neges destun: Wela i di yn Como en Casa lle cewn ni dulche de leche, sudd caramel mewn cacen meringue. Hyn yn tynnu dŵr i 'nannedd i.

Y car yn symud yn glou. Beth yw'r cyfyngiad cyflymder? O leia ma'r gwregys diogelwch yn sownd.

– *Bienvenidos. Inglesa?*

– *No, Galesa.*

– A, Dylan Thomas, medd y gyrrwr, yn estyn yr ail a. Tipyn o bishyn, 'i fwstásh e fel un Ryan Gosling.

Awn ni hibo Palermo Viejo, yr hewlydd yn lledu cyn Recoleta a'r plastai belle époque. Allen i fyw fan hyn. Wedyn, lawr boulevard deuddeg lôn hibo hen adeilad, neuadd ddanso, medd y gyrrwr, cyn canu'i gorn, codi'i ddwrn ar yrrwr byr lorri fach. Y gyrrwr lorri ddyle godi'i ddwrn ond 'na fe, nage fi sy'n drifo.

– Yn Buenos Aires o'r blaen?

– Naddo.

Neges arall oddi wrth Isabella: Wedyn fe ewn ni i *cementario de la Recoleta* i weld cofeb Evita.

F'ateb i yw: Diolch am godi 'nghalon i.

Neges arall: Dwi ishe i ti weld popeth.

Y gyrrwr yn troi lawr hewl ochor, rwbel yn lle tai mewn manne ond fe sy'n nabod y ffordd.

– *Perdon, benzina.*

Y car yn stopo'n esmwyth, fe'n agor y drws. Ar y pafin ma' gwydyr a baw ci. Y garej wedi cau ers blynyddo'dd. Rhywbeth wedi'i hala fe'n grac. Odw i wedi edrych gormod ar y ffôn? Fe'n cytsho yn 'y mraich i, yn 'yn hwpo i yn erbyn wal. Na, paid, fe'n pwynto at hen gafan llawn llwch. Ti'n blydi jocan. Yn pwno 'yn wyneb i. Y mochyn, beth ma' fe'n neud? O ble da'th hon, cyllell yn disgleirio yn yr haul? Iesu Gwyn. 'Wy'n rhewi, yn naturiol, cyn i lais weiddi tu fewn. 'I wep e'n cwmpo, 'wy'n tynnu'i wallt, yn crafu'i foch whith cyn cytsho yn 'y mag i, rhedeg fel y gwynt. Ar ôl hanner canllath, walle mwy, yn rhedeg hibo hen ŵr a gwraig sy'n ca'l gwaith cerdded. Y gyrrwr yn gweiddi a'r pâr yn pwynto, yn meddwl 'mod i heb dalu.

* * *

Y gader leder yn gyffyrddus ar lawr cynta'r adeilad yn Llunden. Rhywun yn 'y ngalw i draw, yn 'yn hebrwng i i stafell fach, dawel. 'Na gysur, 'i lais e fel Howard Marks.

– Shwd chi'n twmlo?

– Beth ti'n 'feddwl? Yn pwynto at 'y ngwefus i, 'y moch i.

– Wel, beth ddigwyddodd?

Dwy frawddeg yn ddigon, walle dylen i fod yn newydd-iadurwraig. 'Rôl gofyn am y pasbort, ma' fe'n ailedrych ar y llun yn hir.

– Ga i gymryd mwy o fanylion?

Whant mwgyn arna i, heb smoco ers pan o'n i yn yr ysgol.

– Wedi meddwi?

– Fi? Newydd lanio am naw y bore.

– 'Sech chi wedi meddwi, walle bydde fe'n meddwl ...

– Ma'n flin 'da fi, pwrpas hwn yw trafod cais am yswiriant.

– Yn gwmws.

– Nage dy ffantasïe di. Beth ddiawl ma' fe'n sgrifennu?

– O'ch chi'n ame rhywbeth cyn mynd i mewn i'r car?

– 'Sen i'n ame, fydden i ddim wedi mynd miwn i'r car.

– Wedi cymryd came?

Nag yw'r crys coch, llachar yn siwto 'i wallt coch. – Came?

– Fel amddiffyn eich hunan.

– Nag yw menwod Llandaf yn cario cyllyll yn 'u bagie.

– Fe fyddwn ni'n cysylltu â chi.

Fe'n codi, yn siglo llaw, yn 'yn hebrwng i'r lifft, yn ymddwyn fel rhywun ddwyweth 'i oedran. Ody e'n siafo 'to? Caea dy ben, paid sbwylo'r cais. – Da bo, diolch am bopeth.

Yn y cyntedd y dyn diogelwch tu ôl i'w ddesg â'i ben i lawr, yn tsieco rheole larwm tân neu'n darllen am fuddugoliaeth Cymru yn yr Ewros. Lawr y grisie â fi, y cymyle'n gwasgu ar y ddinas. Well i fi ôl tabledi. Ma'n eitha pell, y gwesty, ond af fi ar y bws, digon o deithwyr, gobitho.

Yn King's Cross 'wy'n dala'r bws ac yn y sedd gefen ar y llawr gwaelod ma' menyw â gwallt gole, hir. Fel Miss Daniel. Un prynhawn Mawrth, 'i gwers hi o'dd un am newidiade'r corff a gofynnodd a o'dd rhywun yn folon sôn am 'i mislif cynta. Dwylo pawb yn sownd wrth 'u desgie.

– Chi'n dawedog, medde hi.

Yn beth? meddylies i.

Wedyn soniodd am 'i phrofiad hi. Y fenyw'n gwenu arna i cyn ailddarllen 'i chylchgrawn. 'Na fe, 'wy'n dyall, os 'wy'n sefyll yn fud yn y cysgodion, bydd gyrrwr Buenos Aires yn cilwenu am byth.

Cam i'r anwybod

Pipo trw'r ffenest, briallu'n tyfu yn yr ardd ffrynt. Fe ddylen i weud 'mod i'n falch 'mod i'n fyw. Ymolch, gwisgo, gwasgu'r botwm ond dim negeseuon ffôn, dim ond rhyw ddyn o'r Bwrdd Nwy'n gofyn yn frwdfrydig am fanylion y mesurydd.

Cered o'r Gwaelod i Ffynnon Taf. Dala'r bws 132 i Bonty am ddeg, dangos carden Carwyn, y bws yn llawn fel trip Brynawelon ar *Pobol y Cwm*. Y stop cynta, caffi'r stesion, Myra tu ôl i'r cownter yn pwynto at y sedd gornel. Daw bws miwn tra bod un arall yn gadel. Fel hyn ma' bywyd, ife? Daw hi â the Iarll Llwyd (Myra'n aelod o Gylch y Chwiorydd), darn o fara brith.

'Wy'n codi llaw. – Dim ishe.

– Alla i ddarllen dy feddwl di, Sandra Jenkins.

– Blasus.

Hi'n plethu'i dwylo. – Wedi'i adel e'n barod?

– Pwy?

– Y gŵr ... oni bai bod sboner ar y slei.

'Wy'n hanner gwenu. – Yn cysgu'n braf.

– Wedi ymddeol?

– Ody, tipyn o her.

– Gwed 'tho fe i godi stafell wydyr. 'Na beth wna'th Brian ni cyn ishte trw'r dydd fel Bwda. Bingo nos Wener?

– Gawn ni weld, ife?

Ro'dd y gŵr wedi bod yn peinto fframe ffenest tu fas. I lawr ag e o'r ysgol fel sach o dato a chyrhaeddodd ambiwlans o fewn pum munud. Anghofia i fyth, y parafeddyg yn siglo'i ben, ceir yn raso hibo'r tŷ, dim parch o gwbwl.

Wrth y ford nesa, dwy fenyw yn 'u tridege'n achwyn bod safle bws wedi'i symud am wthnos. Dim clem 'da nhw.

Yn fwy na dim, 'wy'n gweld ishe'r sgyrsie yn hwyr y nos am ystyr bywyd, dirfodeth, crefydd. Pwy wedodd fod bywyd yn gam i'r anwybod? Y drafferth o'dd hyn, o'dd e erio'd yn cau drâr neu ddrws cwbwrd yn y tŷ.

Y stop nesa, pori mewn siop elusen cyn cyrredd Costa yn Stryd Taf, coffi du y tro hwn, a draw â fi i'r ffenest lle galla i wylio'r byd yn mynd hibo. Dyn ifanc â gwallt du, anniben yn whilo'r pafin, noson fowr yn y clwb nithwr, siŵr o fod. Wedi colli siec dôl neu anrheg briodas? Ma' fe'n pwno ysgwydde hen fenyw sy'n cario bagie trwm. Damwen, ond 'i llyged hi'n gyhuddgar a fe'n ffaelu dianc.

Daw Elsie draw 'rôl sychu peder bord. – Fel y bedd heddi, wastod yr un peth ddydd Llun. Y groten yn iawn?

– Blwyddyn ola, Eidaleg.

– Wedodd rhywun taw ni yw'r Eidalwyr yn y glaw. Ble?

– Caergrawnt.

Nodiodd yn ddoeth. Y groten wedi bod yn y coleg addysg bellach, nage'r brifysgol.

– Dod 'nôl yn amal?

– Nag yw.

– Pryd ma' hi'n brin o arian, siŵr o fod. Julie ni, yr arian yn llosgi yn 'i phoced hi.

Fe fydde'r groten wedi ca'l gradd dda, o'n i'n dishgwl 'mla'n at y seremoni. Ond … canser y fron. Fe ddyle hi fod wedi mynd at y doctor yn gynt. Heb weud bw na ba wrth neb, dim ond wrtho i ar y diwedd.

Pori mewn mwy o siope elusen ac ymla'n â fi i'r Princess Cafe lle ma' pâr priod, canol o'd yn y gornel.

– Ma' ishe talu'r bil trydan, medd y wraig.

– Pam 'set ti wedi gweud?

– Pam 'set ti wedi agor yr amlen? O'dd e ddim yn bwysig.

– Yn bwysig nawr.

Daw dyn yn 'i bumdege. – Mrs Jenkins, prynhawn da.

Yn goffod gwisgo sbectol. – Pwy 'yt ti?

– Y rheolwr. Coffi du a sleisen cwstard?

– Cof da. Pa mor amal ti'n mynd 'nôl i Wlad Groeg?

– Yr Eidal, bob tri mis.

– Teulu'n bwysig.

'I lyged brown fel botyme, dim modrwy ar 'i fys. Yn briod? Anodd gweud y dyddie hyn.

Y pâr yn trafod yr etholiad. – Neb yn cnoco'r drws a thrafod, medd hi. – Dim ond posto taflen, cered bant.

Daw'r coffi a'r sleisen.

– Mwynhewch, medde fe wrth foesymgrymu.

– Gad dy ddwli.

Llun du a gwyn ar y wal, y staff yn y pumdege, o's arall. Fan hyn o'n i'n dod gyda Julie, y groten arall, 'rôl gwers biano Miss Barry, y Babyddes, Julie'n goffod neud arwydd y gro's cyn pob gwers. Dim ots 'da fi. O'dd hi'n wyth ar y pryd, yn dri deg nawr, 'wy'n credu. Whech blynedd 'nôl cas 'i gŵr hi waith yn Essex, cyfrifiaduron.

– Paid bod yn ddierth, wedes i wrth iddyn nhw adel yn y car. – Sdim ots amdano fe.

Gwenodd hi. – Mam, ti'n anobeithiol.

Amser yn hedfan, hales i ddim carden pen-blwydd y llynedd. Fe ddylen i fod wedi'i ffono hi, esgus i ga'l sgwrs. Faint o blant sy 'da ddi? Un, neu ddou? Wnes i rywbeth o'i le wrth 'i chodi hi?

Heb sylwi, dim ond fi sy ar ôl, o dan siandelîr sy wedi llwydo. Hwfer yn tanio, awgrym cynnil, menyw fer â gwallt arian, wyneb fel memrwn yn 'i hwpo. Sŵn yr hwfer fel galaru, yn lledu i bob cornel. Wn i beth sy'n mynd trw'i meddwl hi. Ody ddi'n mynd 'nôl i gragen o stafell fyw ar ddiwedd y dydd? 'I llyged hi wedi hanner cau fel 'se hi mewn breuddwyd.

Ddim yn ddiwedd y byd

Bore gwahanol, adar ddim yn trydar, 'y mhen i fel bwced, o leia 'wy'n saff. 'Na lwc, clywed dou gyn-löwr tu fas i gapel Salem brynhawn ddo'. Wedyn draw â fi i'r siop fach wrth ochor y clwb.

   – Ar goll? medde'r dyn tal â barf llwyd tu ôl y cownter.

   – Shw' mae?

   – Mab y diacon, ife? Pechod yw hwn. Gwenodd.

   – Pedwar o'r gloch, Doncaster.

   – Gwbod beth i' neud? Llenwa slip.

Exterminator o'dd y ceffyl, yr ods 33–1. Yn lle mynd 'nôl i'r llety (wedi symud o Gyrdydd ers blwyddyn, yn fwy cyfleus), es i am beint ac un arall ac un arall. Wisgi 'fyd, ddim yn siŵr faint. Whech tafarn o leia yn genol Caerffili, mentro'r arian ar gardie, geme snwcer. Ffrindie newydd dros nos. Ddim yn siŵr pryd des i'n ôl, lwcus bod allwedd yn 'y mhoced i. Yn dost yn y tŷ bach, gobitho 'mod i wedi cliro popeth.

Damo, wyth o'r gloch, wedi colli'r shifft, ddim yn ddiwedd y byd. Yn colli'r hwyl, y tynnu co's sy'n cadw pawb i fynd dan ddaear. Defi wastad yn gweud – Rhywfaint o synnwyr yn dy ddadl di, ond ti'n ifanc o hyd. Codi, 'y nhrwser i ar y llawr fel consertina ond digon o arian ar ôl. 'Y nghrys i tu fas i ddrws y stafell wely. Mynd i'r tŷ bach, 'yn llwnc i fel cesel camel, ymolch, y dŵr ô'r ddim yn ddigon.

Dechre cered lawr y stâr ... Fydda i'n ca'l pryd o dafod? 'Na i gyd elli di neud yw ymddiheuro. Cnoco, galw'i enw, dim siw na miw. Cofio, y perchennog yn sefyll gyda'i whâr yn Aberhonddu am ddou ddiwrnod. Angen awyr iach, medde fe. Golwg wael arno fe, fel corff.

*   *   *

Ddylen i fynd? Bydd pawb yn dishgwl, yn pwynto bys. Am sbel 'wy'n ishte ar erchwyn y gwely cyn codi, agor drws y cwbwrd dillad. Af fi ddim i'r gwasaneth, dim ond gwylio o bell.

Cyn iddyn nhw gyrredd ma'r llonydd fel yr un 'rôl tanad. Yffarn o beth, nwy wedi cynnu, medden nhw, afon o dân wedi llifo trw'r ffas. Ar yr hewl fawr y plismyn yn saliwto, y ceffyle'n cludo'r hersie, dwsine ohonyn nhw, y dynon o'u bla'n nhw yn eu hetie uchel. Gwraig yn 'i douddege cynnar tu ôl arch, saith o blant wrth 'i hochor.

Welodd teuluo'dd mo'r olion. Cas yr eirch 'u cloi.

Y jawled, wnewn nhw ddim gryndo, tanad wedi bod o'r bla'n. Heblaw am y ras, fe fydden i wedi mynd. Shwd cyrhaeddes i'n ôl, 'wy ddim yn gwbod. Cymint o arian yn 'y mhoced. Yr orymdaith ar hyd yr hewl fawr yn ddiddiwedd. 'Wy'n goffod gadel 'rôl deg munud.

* * *

Draw i'r siop i byrnu *Tarian y Gweithiwr*, darllen mwy am yr ymchwiliad. Ar y dudalen fla'n ro'dd hysbyseb:

Hwn yw'r tonic sy'n gwella pob anhwylder. Os nad yw yn iacháu, telir yr hanner coron yn ôl heb unrhyw oediad. Mae'r perchnogion mor hyderus fel y byddant yn foddlon sefyll y canlyniadau.

– Y dyfodol yn ddu, medde Brinley tu ôl y cownter, yn rhwto'i ddwylo blewog.

– Reit 'i wala.

– Dim tîm rygbi, dim côr.

– Llygedyn o obeth?

Pwysodd ar y cownter. – Ti'n gall?

– Cyfiawnder.

– Gair ar bapur. O't ti'n lwcus. Rhaglunieth fawr y nef. Estynnodd y papur.

– Well i fi fynd.

– Rhywun yn gofalu amdanat ti. 'So ti'n moyn papur?

Pwy o'dd yn cered ata i ar yr Hewl Fawr ond Emma Daniels, wedi heneiddio o fewn mish, 'i mab, Adrian, mewn cot a thrwser diran.

Nodiodd. – Golwg dda arnoch chi.

– Shwd wyt ti?

– Ddim yn caru 'to?

– Neb i' ga'l.

– Tr'eni, pam?

– Pam?

Cytshodd yn llaw 'i mab. – 'Na'r cwestiwn bob nos cyn mynd i gysgu, os galla i gysgu. Ddewch chi gyda fi?

– Ble, Mrs Daniels?

– I'r tŷ.

– Ddim yn dyall.

– Na'r crwt. Ddim yn dyall shwd diflannodd 'i dad, 'i ddou frawd un bore, ca'l 'u llosgi'n gols tra bod erill yn fyw, yn cered o gwmpas fel cilog dandi. Duw sy'n rhoi cysur, medden nhw.

– Chi'n iawn.

Poerodd ar y pafin tra 'mod i'n sefyll fel delw.

* * *

Yn y diwedd ymunes i, nage 'mod i'n deyrngar i'r brenin, ond ... wel, o'dd ishe llenwi bwlch ... Ddim yn gachgi, cofiwch.

– Chi ddim o'r parthe hyn, medde'r sarjant.

– Ardal Caerffili, syr.

– Ail gastell mwya'r ynyso'dd hyn.

– Senghennydd.

Dododd 'i ysgrifbin lawr, codi, cyffwrdd â'n ysgwydd i.

– Ti ddim yn ysbryd, 'yt ti? Wherthinad iach, curo cefen.

– Ni'n whilo am ddynon dewr.

O'n ni'n clywed y gynne mowr pan o'n ni'n hyfforddi ar bwys Southampton, gyda brwshys. Cyrredd Ffrainc, dim perthi ar ymyl yr hewlydd. Yn gyffro i gyd ond ar bige'r drain fel y noson cyn acto yn nrama'r Ysgol Sul.

Y saethu wedi dechre. Tr'eni 'mod i ddim yn ysbryd, mwy o gyrff ar lawr na dynon yn cered at ynne peiriant di-baid. Dechreuodd y cyrch am wyth y bore. Whalon ni o fewn dou ganllath i'r goedwig, y targed. Ailymosod am un ar ddeg, yr un peth yn digwydd. Y tir yn wlyb o dan dra'd, y glaw'n cwmpo, gwifre ffôn wedi torri.

'Mla'n â ni, yr un dacteg. Y jawled, wnewn nhw ddim gryndo, faint o dystioleth sy ishe? Gynne peiriant yn drech na rhesi diddiwedd o ddynon. Cymry ifanc, glân yn gorwedd mewn llacs, yn stopo ni rhag ennill tir. Un ymdrech arall, medde'r capten. I godi'n hysbryd ni ry'n ni'n canu 'Iesu, Cyfaill F'enaid I', ar y dôn Aberystwyth. 'Mla'n â ni. *I'r gwangalon cysur rho.*

Dyn ar y whith, 'i ên e wedi'i hollti bant. Wnes i ddengyd o ffrwydrad unweth. Y tro 'ny fe gas yr eirch 'u cloi.

Byth anghofio

Wedi hwfro pob twll a chornel yn y fflat cyn gyrru i'r stesion. Damo'r gwaith adeiladu yn y Sgwâr Canolog. O'r diwedd, dod o hyd i le ganllath bant, parco am awr. Paid becso, bywyd newydd o'n blaene ni. Rhedeg i'r stesion, y trên yn hwyr? Ddim yn 'i nabod hi, yn gwisgo het wellt sy'n bwrw cysgod dros 'i hwyneb hi.

– Shwd o'dd y daith, Lisa?

– Golygfeydd gwych rhwng Amwythig a Henffordd.

'Wy'n 'i chusanu hi, yn cytsho yn 'i chês, yn 'i hebrwng i'r car. – Gobitho bod y fflat yn y bae ddim yn rhy fach.

– Bywyd yn rhy fyr.

– Optimist fuest ti erio'd.

– Well i fi weld y lle gynta.

'Rôl cyrredd ma' hi'n agor y llenni. – Fel tŷ hebrwng. Yn gwenu wrth i'r heulwen lifo miwn i'r stafell fyta.

Wna i fyth anghofio. Tra'i bod hi'n paratoi cino, 'wy'n ffono cartre'r henoed. – Dad yn iawn?

– Yn canu emyne, medd y rheolwr.

– Canu?

– Cymint o Gymry, wedi ffurfio côr. Hala i dâp atoch chi a llongyfarchiade, gyda llaw.

* * *

Yr hewl fowr yn gwch gwenyn, Lisa wedi pyrnu ffrog werdd ar gyfer yr haf yn Debenhams a finne ychydig o lyfre yn siop Foyles er ein bod ni'n twmlo'n euog, yn hybu economi de-orllewin Lloeger. Whech o'r gloch yng nghanolfan siopa Cabot Circus a hi'n gofyn i fi ddala'r bagie. – Alla i ddim aros.

– Y trên yn gadel mewn ugen munud, cofia.

– Paid mynd o flaen gofid.

Pum munud yn mynd hibo, deg munud. Bron gofyn i hen fenyw fynd miwn i'r tŷ bach ond 'i hwyneb hi fel talcen tŷ. Dere, plis, ble wyt ti? Rhywbeth mawr ... strôc ... trawiad ...

– John Roberts, dewch i'r ddesg wybodaeth, medd llais fel robot.

'Wy'n cytsho yn 'i braich hi.

– Rhy dynn, paid.

– Well i ni fynd. Tacsi.

Yn y stesion ry'n ni'n rhedeg yr holl ffordd i Blatfform 13, dala'r trên hanner munud cyn y whiban. Dwy sedd yn wag yn y cerbyd ola.

– Pam?

– Ddim yn dallt, medd hi.

– Ond ...

– Plis, John, paid sbwylio'r penwythnos.

'Rôl gadel y twnnel, gweld arwydd Croeso i Gymru, anghofio'r cwbwl. 'Rôl cyrredd y fflat 'wy'n whare tâp y côr fwy nag unweth, y lleisie'n cyfleu rhywbeth tu hwnt i eirie.

* * *

Ddwy flynedd wedyn, yn y tŷ yn Llydaw, y cartre ymddeol, yn penderfynu ffono cartre'r henoed.

– Hylô, Dad yn iawn?

– *What?* Fel brathiad, mwy o ddynion dŵad. Dad yn cysgu, wna i ffono'n ôl. 'Wy'n cered o stafell i stafell, yn agor cwbwrd yn y stafell wely. Ar shilff ma'i het wellt hi, y blode papur wedi colli'u lliw o dan haul didostur. Ar y teras alla i glywed 'i wherthin hi wrth iddi orwedd yn 'i bicini glas ar y gader folaheulo wrth i ni lymeitian gwin rosé, gwylio'r haul yn machlud dros y dyffryn hir, diddiwedd.

Y bore wedyn, miwn i'r car i Kemper i gwrdd â'r cyfrithwr yng nghanol y dre. Dyn byr, mwstásh cyrliog, o Gorsica'n wreiddiol.

– Mae'n drueni, medd e.

– Chi'n meddwl?

– Os ydych yn cadw'r tŷ, bydd y pris yn cynyddu. Wedi digwydd o'r blaen, sawl tro, Saeson –

– Cymry 'fyd.

– Yn gwerthu, yn difaru. Rhaid i chi ailfeddwl.

– Alla i ddim meddwl.

– A sut mae Madame?

– Yn weddol, o dan yr amgylchiade.

– Mae'n ddrwg gen i.

'Y mys yn cyffwrdd ag ochor 'y nhalcen.

– Ysbyty?

– Cartre arbennig.

– Mae'n anodd. Brandi?

– Well i ni setlo'r holl beth gynta. 'Wy'n codi.

– Problem, Monsieur?

– Esgusodwch fi. Amseru'n bwysig, 'nôl yng Nghymru Lisa'n mynd lawr i'r ffreutur i ga'l cino mewn munud. Ddim yn moyn 'i cholli hi. Tu ôl i swyddfa'r cyfrithwr ma' lôn gefen lle ma' menyw ifanc, sy'n cario torth, a dyn yn gwenu ar 'i gilydd. Y fenyw'n closio ato, yn whare â'i gwallt gole, cyrliog. Fel Lisa pan gwrddon ni gynta.

Ffono. – Shwd ma' hi?

Y nyrs yn gofyn i fi ddala'n sownd. Wrth lwc, Lisa yr eiliad honno'n mynd hibo'r swyddfa.

– Ti'n 'y nghlywed i? Ochneidie fel ymyrreth ar y lein.

– Lisa?

– *Hold on*, Mr Roberts.

– Lisa?

– Pwy? ... John ... o, ie ... mor falch ... John ... Fel roced ar Noson Guto Ffowc, yn codi, yn glanio'n glou mewn mwd.

On'd yw amser yn hedfan? Marwodd Dad pan o'dd e'n saith deg. Ddim yr un cartre â Lisa. Enw cartre Lisa o'dd Llys y Brenin, es i'n ôl yn ddiweddar, y nyrs yn gwenu, yn cynnig dyshgled o de. Er iddi holi'r staff i gyd, neb yn gwbod hanes yr enw.

Cracie yn y wal

Hepian ar brynhawn o haf, yn swno fel teitl nofel. Mynd i orwedd? Na, y gwely fel un mewn gwesty dierth hyd yn o'd 'rôl peder blynedd. 'Co fi yn yr ardd wrth y ford bren, gron, y glaswellt wedi'i dorri ond iorwg yn lledu ar gefen y tŷ. Hi wedi rhybuddio y bydde cracie yn y wal.

Pedwar deg mlynedd o briodas wedi mynd fel y gwynt. Alla i weld y masg ar ford y stafell fyta, Duw Groegedd, 'i wep e'n wahanol, cofio'i byrnu yn Lesbos. Hon o'dd ein paradwys ni, ar y bad bob dydd yn hwylio rownd yr ynyso'dd, yn ddiddiwedd, y môr yn risial. Er, un flwyddyn fe ges i wenwyn bwyd ... ffaelu byta am dri dwyrnod.

Wedodd y doctor ddydd Llun fod 'y nghalon i'n gryf, y gallen i fyw am ugen mlynedd arall. Popeth 'da fi, tŷ trillawr, digon o fodd, bad ym Môr y Canoldir, pump o blant, deuddeg o wyrion ... Yr awel yn troi'n fain, well i fi wisgo crys, 'y ngwa'd i'n mynd yn dene.

* * *

Bore Mercher, ca'l gwaith codi. Rhestr? Dim diolch. 'Wy'n dala'r bag plastig, llipa wrth gered ar hyd yr hewl gefen, wedi anghofio'n barod beth sy ishe yn y Co-op yn Ystum Taf. Henaint, ni ddaw 'i hunan.

Y ffirad yn croesi'r hewl. – Shwd wyt ti ers slawer dydd?

– Iawn.

– Pechod anfaddeuol, camarwen gwas Duw. Dy olwg di'n ddigon. Dere 'da fi, gwena er mwyn dyn. Glywest ti'r newyddion? Donald Trump wedi ennill, ddim yn ddiwedd y byd, dim 'to. Beth ti'n 'feddwl?

– Ma'i ymennydd e mewn rhan arall o'i gorff.

– Ffrynt neu cefen?

Yn y gegin ro'dd llestri heb 'u golchi ar y ford a phapur newydd ar agor. Y pennawd – Valerie'n delio â'ch probleme i gyd.

Agorodd botel o wisgi. – Moddion?

– Rhy gynnar.

Arllwysodd ddiferyn miwn i gwpan plastig a'i estyn.

– Ti'n un da am roi cyngor. Ddim yn gryndo.

Edryches i o gwmpas, ar y llawr, y walydd. Angen chwyldro i adfer gogoniant yr adeilad cofrestredig.

Eisteddodd y ffirad. – Beth sy ar dy feddwl di?

– Dim.

– Ofan marw?

– 'Na gwestiwn.

– Ife hwnna yw dy air ola ar y pwnc? Byrnes i'r wisgi bum mlynedd 'nôl.

– Ffein iawn.

– Yn aeddfedu am o leia wyth mlynedd. Dere, ni'n ffrindie, dylen ni fod yn agored. Cytshodd yn y botel.

Dodes i law ar ben y cwpan plastig.

– Y symptome'n amlwg.

– Amlwg?

– Ti mor lletwith fel 'i bod hi'n anodd byw gyda dy hunan.

– Wel –

– Cofia, ti'n lwcus. Hales i bum mlynedd i ddod dros Eileen. Dim plant, dim wyrion.

Codes i. – Y Co-op, rhestr hir.

Hebryngodd e fi i'r drws. – Ffinda rwbeth i lenwi dy fywyd, helpu'r henoed, dioddefwyr dementia, canser. Yffach, digon o ddewis.

* * *

Nos Wener, yn hepian ar y soffa 'rôl byta ffa pob ar dost yn lle pryd deche. Y ffôn yn canu. Rhyw dwyllwr yn cyhoeddi 'mod i wedi ennill gwobor anhygoel? – Dim diddordeb.

– Shwd wyt ti, was? medd Danny'n afiach o frwd.

– Ddim yn ffôl.

– Ti'n gweud 'ny bob tro. Beth am fory?

– Cystrawen Sisneg.

– Blydi purydd.

– Dim lot o hwyl arna i.

– Digon o reswm i ga'l sgwrs. Dim pwdu, dim llaesu dylo, bydd yn brydlon.

– Ble?

Fe fydde Mam a'i chenhedleth hi wedi gweud bod y caffi ar bwys Eglwys Sant Ioan. Danny'n gweud 'i fod e ar bwys Tafarn yr Hen Farchnad.

Yn codi bore wedyn, fel clwtyn llestri, heb gysgu'n iawn. Cymint i' neud, sorto mas 'i dillad hi, 'i llyfre hi, papure. Mwy o sgitshe na gwraig arlywydd Ynysoedd y Philipine. Ffaelu ca'l gwared ar ddim byd. Danny'n ŵr bonheddig, well i fi fynd. Alla i weld hi yn y gader siglo wrth y tân, yn gwau, 'i llyged hi'n pipo dros 'i sbectol.

Yng Nghaffi Nero yn Stryd y Drindod ma' Danny'n barod cyn i'r ddou ohonon ni gofleidio. Dou lanc â gwallt byr iawn wrth y ford nesa'n edrych yn syn arnon ni.

– Byrna i'r ddiod, medd e.

– Na.

– Ymlacia, wnei di?

Pan ddaw e'n ôl ma' fe'n pwynto at y walydd. – Steil newydd a shilff lyfre. Gobitho bydd y coffi gystal.

– A bara brith. Cof da.

Danny'n wherthin.

– Beth?

– 1969, blwyddyn dyngedfennol yn hanes Cymru, rhannu stafell 'da ti yn Aberystwyth.

– Pam ti'n gwenu? Goffes i adel 'rôl blwyddyn.

– Ti'n cofio'r bresych yn glynu wrth y nenfwd lle o'n ni'n ca'l cino yn y neuadd?

– Twlu bwyd at 'yn gilydd pan o'dd y warden yn troi'i ben.

Danny'n edrych o gwmpas. – Yr un bobol fan hyn bob tro: y dyn â'r het Trilby'n darllen y *Telegraph*, y fenyw ganol o'd o Wlad Pwyl yn rhythu trw'r ffenest, y fenyw ifanc, ddu â'i gliniadur. Dim byd yn newid.

– Dim.

– Darllen o hyd?

– Wel ... dim cymint, yn danto 'rôl chydig o dudalenne.

– Clwb darllen yn dechre, nos Fercher yn Llyfrgell yr Eglwys Newydd, trafod llyfyr y mis, criw difyr.

– Difyr?

– Athrawon ran fwya.

– Yn siarad siop, siŵr o fod.

– Gei di hwyl, tynnu ti mas o dy gragen. Non yw'r cadeirydd. Yn y coleg.

– Beth o'n ni'n galw hi? Non ifent. Coffi'n weddol.

– Yn berffeth. Ti'n cadw'n weddol?

Wedi sylwi ar lyfyr ar y shilff, clawr coch. henffasiwn, *Ar Ras i Gyrraedd*. Rhywbeth yn clico yn y meddwl, gwylie, Mam a Dad wedi llogi bwthyn yn y Mwmbwls am wthnos, nhw a'n whâr i yn y môr ym Mae Langland am amser hir. Yn y cyfamser, crwt ar y tra'th o dan ymbrelo, tywel dros 'i goese marmor, 'i figyrne'n goch, yn darllen am anturiaethwr ynghanol storom eira, yn whilo am y prif wersyll, yn meddwl na fydd yn cyrredd.

– Malcolm?

Ynys Afallon

Pan gamodd o'r trên am ddau y prynhawn sylwodd fod y mynyddo'dd wedi diflannu.

– Disgybl newydd? medde'r gyrrwr tacsi.

Nodiodd.

– Taith hir?

– Cyrdydd.

– Dim llawer o Gymry yn yr ysgol, y rhan fwya'n meddwl 'u bod nhw uwchlaw cymyle amser.

– O ble ti'n dod?

– Abertawe.

– Shwd gyrhaeddest ti Wlad yr Haf?

– Cariad. Ond fe drodd yn sur.

Ro'dd y plas yn edrych yn hen er bod y llawlyfyr wedi gweud bod y cyfarpar diweddara yno.

Aeth y gyrrwr i'r gist i nôl y cês. – Cofia, pawb yn yr un sefyllfa ar y dechre.

Y noson gynta ro'dd e yn y ffreutur ar 'i ben 'i hunan a chriw wrth y ford arall yn edrych arno, yn wherthin. Yr ail ddiwrnod, amser cinio, da'th llanc tal â gwallt gole at y ford.

– Croeso i'r carchar. Shwd ti'n twmlo?

– Fel rhywun â chlefyd heintus.

Cyflwynodd ei hunan, Isaac Jones o Aberdâr, yn yr ail flwyddyn, 'i dad yn weinidog. – Fyddi di'n setlo, gobitho.

– Ddim yn siŵr.

– Ti'n hoffi barddonieth?

– Neb fel Blake.

– Hardy yw'r gore, dwi'n dysgu un o'i gerddi ar 'y nghof bob nos. Beth yw dy enw di?

– Walter.

Gan fod gwersi rhydd yn y prynhawn a'th y ddau i lan yr afon a darllen cerddi'i gilydd yn uchel.

– Paid cymryd hyn yn bersonol, medde Isaac. – Ond y pennill ola, wel, y rhythm yn ... afreoledd.

– Y dyn wedi ca'l sgytwad.

– Ond ...

Cododd Walter ar 'i eistedd. – Ody hyn yn goffod newid?

– Wnewn ni gadw mewn cysylltiad. Beth wnei di?

– Darlithio, gobeth Dad. A ti?

– Trafaelu, ehangu gorwelion.

– Cadw acen yn bwysig.

– Y drafferth yw bod peiriant mawr yn ein herbyn ni.

* * *

Fydde'r disgybl newydd ddim wedi nabod y dyn ifanc deunaw oed edrychai ar 'i stafell wely cyn cau'r drws.

– Gofala am dy hunan, medde'i fam. – Y gaea'n oer yn Rhydychen.

– Shwd ti'n gwbod?

– Erthygl yn *The Lady's Companion*.

– Pob lwc, medde'i dad, gan roi cyfrol o farddonieth Dylan Thomas iddo fe.

– Anhygoel, medde Walter, – llofnod y bardd ar y dudalen gynta.

– Cofia sgrifennu, medde'i dad.

Ar y platfform, cododd 'i rieni'u dwylo wrth i'r trên adel ac, wrth iddo gyflymu hibo'r caeau rhwng Cyrdydd a Chasnewydd teimlai Walter 'i fod yn dianc.

Sgrifennodd e ddim at 'i rieni, dim byd i' gofnodi, meddyliodd, ond yfai fwy nag arfer, bron bob nos. Fe dda'th barman Yr Arth yn ffrind agos, a phob bore gorweddai yn y gwely yn lle mynd i seminar neu ddarlith. Ar ôl dou fis penderfynodd fynd i weld Dr Hodgkinson o'dd yn eistedd yn 'i gader esmwyth, yn smoco pib.

– Anarferol, dim apwyntiad.

– Dwi'n gwbod, medde Walter.

– Y traethawd?

– Bron yn barod.

– I fod mewn yr wythnos diwetha. Ddylen i ei dderbyn? Ro'dd bysedd 'i law dde'n whare gyda'i farf Van Dyke.

– Wedi bod yn dost.

Cododd y darlithydd. – Dwy funud, dyna i gyd.

– Mae hyn yn anodd ... dwi'n mynd i adel.

– Y tymor cynta heb ddod i ben eto.

Anadlodd Walter yn ddwfwn. – Gormod o bwyslais ar iaith.

– Sail gadarn i'r dyfodol.

– Chi, yr adran, fel patholegydd yn dadansoddi corff.

Pesychodd y darlithydd. – Y nod yw neud yr holl beth yn fyw. Roedd tysteb eich athro Saesneg yn eithriadol.

– Dwi ishe sgrifennu cerddi.

Trodd y darlithydd. – A galwedigaeth?

– Ddim ishe bod yn robot.

– Fyddi di'n difaru ... cer 'nôl i'r llety a meddwl.

– Wedi penderfynu.

– Er mwyn dyn, ti'n ddeunaw oed. Beth am dy rieni, enw da'r adran, y coleg? 'I wyneb fel twrci. – A beth am dy bryd a gwedd? Edrych ar dy hunan. Trodd at y ffenest.

Cododd Walter. Gwenodd, twlpyn o grefi'n glynu wrth drwser Dr Hodgkinson. Gadawodd heb weud dim. Ar hyd y coridor ro'dd llunie o bwysigion yn perthyn i o's arall.

* * *

Cyrredd adre ar brynhawn heulog, 'i fam wedi delwi yn y cyntedd, 'i dad yn twlu'r cesys ar y llawr.

– Alla i weud rhywbeth? medde Walter.

– Rhy hwyr, medde'i dad.

Trodd ei fam a dringo'r stâr yn araf.

– Dwi'n bwriadu mynd i'r Eidal.

– Yr Eidal? medde'i dad.

– Am flwyddyn.

– I beth?

– Y lle gore, ysbrydolieth.

– A byw ar awyr iach? O hyn 'mla'n ti'n gwrando arna i.

O fewn wthnos ro'dd yn glerc mewn swyddfa cyfreithiwr yng nghanol y ddinas.

– Chi ddim yn perthyn fan hyn, medde'r ysgrifenyddes o'dd wedi bod yno ers deugen mlynedd. – Fe ddylech chi anelu at y sêr.

– Ma' rhai'n edrych ar y sêr, ond ni i gyd yn y gwter. Doedd dim ffenest yn 'i swyddfa, fel cwtsh dan stâr, pentyrre o ffeilie yn 'i wasgu i gornel. Pesychai'n amal. – O's rhywun yn clau? medde fe un bore.

– Da'th menyw bum mlynedd yn ôl.

Bythewnos wedyn fe deimlai'n rhyfedd a threfnodd apwyntiad gyda'r meddyg teulu.

– Beth yw'r broblem?

– Anodd esbonio, medde Walter.

– Wel?

– Ro'n i'n ishte wrth y ddesg ... y byd ddim yn cyfri rywsut.

– Fel?

– Sŵn y traffig, y teipiaduron, yn llai ... fel 'sen i'n cered ar lwybyr arfordir, yn agos at ddibyn.

Sgrifennodd y meddyg rywbeth. – Cymera rein, dwy beder gwaith y dydd, a dere'n ôl mewn pythefnos.

Yn gynnar fore Sadwrn dihunodd, y tŷ fel bedd, 'i fam a'i dad wedi mynd i Lanymddyfri am dridie. Beth sy'n mynd i ddigwydd? meddyliodd. Trodd a mynd 'nôl i gysgu. Pan ddihunodd 'to fe deimlai'n wan fel cleren. Ro'dd hi'n saith o'r gloch y nos a mentrodd mas heb ymolch, heb siafo, ac yn siop Spar gwenodd y dyn canol o'd tu ôl y cownter wrth i Walter grwydro lan a lawr yr eil.

– Alla i helpu?

– Dim diolch.

– Syr?

Rhywbeth yn bod, y gole, fel troi cornel mewn car, yr heulwen yn ormod. Fe faglodd dros focs cardfwrdd ar y pafin cyn rhedeg rhag ofon bod rhywun yn meddwl 'i fod e'n lleidr.

Pan dda'th ei rieni'n ôl, fe a'th y tad a'r dyn ifanc i'r parc.

– Shwd a'th hi?

– Digon o awyr iach, yn y gwely am naw bob nos, medde'r tad.

– Fel mis mêl.

– 'Na ddigon. Ti'n well?

– Wel.

– Grynda, ma' ishe i ti siapo hi, mynd yn ôl yfory.

– Ddim yn barod.

– Paid siarad dwli.

– Ond Dad –

– 'Na ddiwedd ar y mater.

Y noson 'ny ro'dd fel mwydyn yn y gwely. Ofnai y byddai'n sownd wrth 'i ddesg yn y gwaith, yn anwybyddu gorchymyn y pennaeth i fynd i'w swyddfa, yn gwylio drama'r dydd o bell. Cododd am ddau, syniad gwych, sgrifennu cerdd ond y ffynnon yn sych.

'Nôl i'r gwely. Duw a ŵyr pryd ond da'th popeth yn glir, meddwl am Rosili, y tra'th euraidd, yr haul yn danso ar y tonne, islif yn 'i dynnu.

Paid mynd hebddo fi

Hwn yw'r ail dro'r wthnos hon i Karl hwpo 'nghader olwyn i o'r ambiwlans i'r hewl o fla'n y bloc o fflatie ar bwys Stryd Biwt. – Ti fel mab i fi.

– O's tylwth?

– Yn bell.

– Byth yn rhy bell. Karl bron â baglu. – Blydi pafin. Sori.

– O'n i'n meddwl bod ti'n grefyddol.

– A fi.

– Lot o ddamweinie wedi bod.

– Iawndal?

– Neb yn hawlio.

Cyrhaeddwn ni'r lifft.

– Ych a fi, medd Karl.

– Cryts yn y nos, dim parch.

Miwn â ni. Karl yn gwasgu botwm. – A beth wnei di'r prynhawn 'ma?

– Teledu, pendwmpian erbyn hanner awr wedi dou.

– Brwydyr yw bywyd.

Chweched llawr, cyrredd drws y fflat. – O's wejen?

– Dim 'to.

– Ti'n haeddu un. Coffi?

– Amserlen dynn.

– 'Wy'n genfigennus. Beth sy'n bod? Sori, yr allwedd. 'Co ni. Da bo, gofala am dy hunan, Karl.

– Tan wthnos nesa, yn edrych 'mla'n.

Hen grwt ffein. Ffaelon ni ga'l plant, Sam a fi. Ych a fi, y stafell fel y bedd. 'Co'i lun e ar y seld, gwên o glust i glust hyd yn o'd pan o'n ni mewn picil. O's ishe rhywbeth arall? 'I hoff gwestiwn, erio'd yn achwyn, dim ots beth o'dd yr amgylchiade, siopa, cyfarfod, capel. Dof i draw, medde fe, i dy ôl di. A finne'n gweud: Paid mynd hebddo fi.

Yn yr hen ddyddie pob drws ffrynt ar agor cyn y fflatie mud ar lan y dŵr, cyn y clwydi mawr cloëdig. Pawb, o Norwy, Somalia, Yemen, Sbaen, yr Eidal, y Caribî, Iwerddon, yn cyfarch 'i gilydd, dinasyddion y byd, ehangu gorwelion o fewn ein milltir sgwâr. Llynedd, mis Tachwedd, fe gnoces i ddrws y fflat nesa, ddim yn rhy hwyr ond siop Spar wedi cau'n gynnar, pall ar y trydan. Dyn tal, ifanc agorodd y drws.

– Shw' mae? 'Wy'n byw drws nesa.

Edrychai arna i fel 'sen i'n dditectif.

– Ma'n flin 'da fi, allwch chi sbario tamed bach o siwgyr?

Caeodd y drws. 'Nôl â fi i'r fflat. – Sam, dim gobeth caneri, coffi heb siwgyr. Ro'dd e'n neud sŵn rhyfedd, yn gorwedd ar y llawr. Whare teg, cyrhaeddodd ambiwlans o fewn deg munud.

– Wnewn ni'n gore, medde'r dyn â whys ar 'i dalcen. Cas Sam fasg ocsijen cyn ca'l 'i gario ar stretsier, 'i lyged fel ci wedi'i anafu'n ddifrifol. Y tro ola ifi weld 'i lyged e.

* * *

Awel yn 'y nihuno i, ffenest yn gilagored. Hysbyseb ar y teledu am hufen cro'n, llais bywiog yn gweud y gall pawb edrych ddeg mlynedd yn ifancach. Diffodd y set. Heb sylwi o'r bla'n, cennin Pedr y jwg ar y ford wedi gwywo fel 'y mronne i.

Hanner awr wedi tri. Ti'n cofio, Sam? Wherthin y plant tu fas i ddrws y ffrynt wrth iddyn nhw ddod 'nôl o'r ysgol, withe un yn dod miwn i'r lobi am fod pêl wedi ca'l 'i chico'n rhy bell. Wastod yn gofyn, wastod yn gweud diolch. Wedi mynd. Ar y ford ma' carden ben-blwydd. *Yn meddwl amdanoch chi*, ddim yn nabod y sgrifen, dim enw. Pwy? Wynebe yn 'y meddwl fel rhes adnabod ... Grynda, y pibe'n cecian, yn gwawdio.

Drw'r ffenest pobol fel morgrug ar hyd Stryd Biwt, rhywbeth 'mla'n ar bwys Canolfan Mileniwm. O'n i'n arfer bod yn rhan o'r sbort a'r sbri. Yn cofio geirie cynhyrchydd yr orsaf leol, pen moel, barf fel artist: Pam lai? Rho gynnig arni, paid oedi, paid bod yn gwrtais, hwpa'r meic o dan 'u trwyne nhw. Dim ond un fydd yn gwrthod neu'n rhegi, y Cymry'n rhy gwrtais.

Fe wnes i roi cynnig arni. O ble chi wedi dod? Wedi bod o'r bla'n? Pam chi wedi dod? Beth y'ch chi'n disgwyl? Ac wedyn mynd 'nôl a throi'r lleisie amrywiol yn becyn twt, cyflawn.

A bore 'ma, wel. 'Wy'n gwbod, Sam, fe fyddet ti'n twlu'r *Daily Mirror* ar y gader, codi dy aelie a gweud 'mod i'n mynd o fla'n gofid.

Ro'dd llanc Rastaffaraidd yn cered 'nôl a 'mla'n tu fas i fynedfa'r fflatie. Yn sefyll am ffrind neu'n cwrdd â'i wejen neu ... hen fenyw unig yn darged rhwydd, twmod. Sdim ots am ole dydd. 'Se rhywbeth yn digwydd, fe fydden nhw'n hala diwrnode cyn dod o hyd i 'nghorff i yn y gymuned hon.

Sam, paid gwenu fel 'na, sdim dengyd i' ga'l.

Pen y daith

Yr awyren fel dyn sigledig ar 'i dra'd wrth lanio cyn cyrredd pen y daith yn Heathrow.

– Busnes neu bleser? medd y dyn cenol o'd wrth 'yn ochor i.

– Pam?

– Dwi'n newyddiadurwr.

– Pawb â'i broblem. Yn tynnu'r gwregys yn rhydd. – Jobyn newydd.

Fe'n codi, yn casglu'i gês. – Naws arbennig yn Llunden, bydd yn ofalus.

Ro'dd whech rhes yn sefyll cyn dangos pasbort a llifodd pedwar dyn ifanc drwodd yn rhwydd. Llyged y dyn â sgwydde mawr yn glynu wrth y sgrin.

– Problem?

– Glitsh, Miss, un o'r pethe sy'n hala rhywun yn niwrotig.

– Chi neu fi?

– 'Na ni, mwynha'r ddinas fawr.

Tr'eni nad yw John yn dod. Allen i fynd ar goll fan hyn ynghanol y caffis, y siope llyfre a'r fferyllydd, ond wedodd e fod allwedd y fflat yn Hackney o dan bot blode o fla'n y drws ffrynt. Whare teg, ma' fe wedi newid, diolch i Dduw. Yn brysur y dyddie hyn, cyfres o gyfarfodydd bob dydd. A beth ddigwyddodd i'r ferch fach, swil o'dd ddim ishe bod yng nghyngerdd Nadolig yr ysgol fach yn Gyrdydd? Yr un o'dd yn esgus 'i bod hi'n dost yn y gwely? Wedi lledu adenydd, profiad gwaith yn Seland Newydd, dechre swydd yn Llunden, dim troi'n ôl. Ddim yn siŵr ond hwn yn gwisgo oferôls oren. Bydd e'n gwbod. – Esgusodwch fi.

Golwg fel 'se fe newydd golli'i waled.

– Cesys Taith 309?

Fe'n pwyntio at lythrenne mowr ar sgrin, Auckland. –
Llyged yn iawn?

Safwn ni o gwmpas y belt cludo, rhai'n mynnu mynd
i'r rhes fla'n. Mam yn trial canolbwyntio. – Alla i ddim
credu hyn, ti ddim yn fab i fi. Noson gynnar heno.

Y broblem, gormod o gesys, mae'n debyg. Dim golwg
o 'nghês i am ddeg munud, un porffor. Yr awdurdode'n
ame rhywbeth? Grynda, ferch, ti newydd ga'l swydd gyfrifol
mewn dinas gyffrous. Rhes o saith yn sefyll am dacsi. Ford
Mondeo coch yn cyrredd, gyrrwr yn agor 'i ddrws. – Ble,
cariad?

Y sgyrt fer, goch wedi creu argraff.

– Victoria.

– Yn gostus. Gwên dadol.

– Faint?

– Ar hast? Grynda, ti'n edrych yn ferch ddeallus.

– Wel …

– Pam na wnei di ddala'r bws?

'I wên fel Tom Cruise. Bob tro 'wy'n codi'r cês ma' fe'n
drymach. Dad yn arfer gweud: Beth sy 'da ti yn hwn?
Corff?

*   *   *

Gwynt yn griddfan tu fas, canhwylle wedi'u cynnu ar ford
y gegin. John yn ishte wrth y pen pella.

– Ti'n dawel.

– Wedi blino, Mared, 'na i gyd.

– A bydd mwy o gyflog 'rôl cwrdd â'r targede i gyd.

– Llongyfarchiade.

'Wy'n cytsho yn y platie. – Y cig o'n yn berffeth.

– Gorgoginio.

– Mater o farn.

Beth sy'n bod? Pam bod y llien bord mor ddiddorol? –
Rhywbeth ar y teledu?

– Heb edrych.

– Ti'n slaco. Noson gynnar?

– Gawn ni weld.

Wedi troi 'nghefen, yn synhwyro bod 'i lyged yn whilo
ymhobman. Fel arfer, fe fydde fe'n siarad fel pwll y môr
am rywbeth yn y gwaith, er enghraifft gweithiwr yn ca'l cam.

– Ddyle'r ddou ohonon ni ddathlu. 'I eirie fel cawl wedi
oeri.

– Grêt.

– Swydd.

– Wrth lwc, fe byrnes i botel o win ar y ffordd 'nôl o'r
gwaith.

– Yn Seland Newydd.

– Heb weud dim o'r bla'n.

– Moyn i ti setlo.

'Wy'n troi ato fe. – Meddwl amdana i, ife?

Fe'n codi, yn estyn 'i freichie tra 'mod i'n troi at y
cyrtens di-liw.

* * *

Bore Llun. Bydd yn ddewr, meddaf i wrth 'yn hunan wrth
ddringo'r grisie o fla'n y nendwr gwydrog sy'n edrych yn
uwch.

– Ti'n iawn, cariad? medd Chris, y dyn diogelwch.

– Fel y boi.

Sefyll wrth y lifft am ache. Ar ochor y grisie troellog ma'
murlun, beiciwr yn dringo tyle serth yn y Tour de France.
Y slogan: dal ati, doed a ddelo.

* * *

Noson gynnar, ninne'n gorwedd fel dou leden ar stondin marchnad.

– Faint o gytundeb?

– Whech mish, medd y sboner.

– Ddim yn ffôl.

– Ar y dechre. Fe'n codi ar 'i ishte.

– Digon o gyfle –

– Gewn ni weld os caf fi flas.

– Fel 'na, ife?

– Martini?

– I beth?

– Helpu ti gysgu.

– Tro'r sŵn 'na lawr. Miwsig ar y radio, Billie Holiday ... *days of mad romance and love.*

* * *

Y lifft yn araf. Dim brecwast heddi. Y cadno, fe adawodd ynghanol y nos, dim rhybudd, dim nodyn. Ffoniff e, siŵr o fod, hawl 'da fi ga'l esboniad.

Cyfarfod am un ar ddeg, adolygu cynnydd. Sioe Ffasiyne Llunden mewn mish. Eva sy'n cadeirio, yn ishte fel brenhines ond y drafodaeth fel llwybyr igam-ogam. Hoe am goffi o'r peiriant, blasu fel plastig. Eitem nesa'r agenda, y sioe.

– Mared, syniade?

– Yn paratoi o hyd.

– Manylion?

– Dim eto. Gwên does-neb-ar-ga'l-i-neud-cyfweliad.

– Paid â'n siomi ni.

Hanner awr wedi whech, yn codi llaw ar y dyn diogelwch.

– Diwrnod hir?

– Fel tragwyddoldeb. Diod?

– Ddim yn cwpla tan ddeg.

– Ti'n mynd yn hen cyn dy amser. Bron cyrredd y drws troi.

– Mared. Fe'n pwyntio at falconi'r llawr cynta, Eva â'i dwylo ar 'i chenol.

Dim gair cyn inni gyrredd 'i swyddfa, lle ma' gwynt carped newydd.

– Paid ishte.

– Na.

– Edrych ar hwn. Hi'n dod â phroflenni'r adroddiad blynyddol. Ar yr ail dudalen ma' *commemorative plague* yn lle *commemorative plaque*.

Llaw ar 'y ngheg.

– Dy gyfweliad di'n dda iawn. Ti wedi mynd yn ddall?

– Sori.

– Newida fe.

'Wy'n ochneidio.

– Beth?

– Yr adroddiade ar 'u ffordd 'nôl o'r argraffwyr.

– Faint?

– Dim ond tri chant.

– Newida fe neu fe fyddwn ni'n destun sbort. Nawr.

Gadel am saith. Y Nadolig yn nesáu, canno'dd yn Oxford Street, heb ga'l hwn o'r bla'n, twmlo'n wag yn genol cymint o bobol. Mynd hibo dyn wedi'i wisgo fel Siôn Corn yn casglu ar gyfer elusen. Rhoi rhywbeth? Fydde'r sboner ddim yn folon.

Prynhawn Sul, pwy mor hir ma' rhywun yn gallu rhythu trw ffenest? Neb yn rhythu arna i. Nage'r deunydd mwya difyr ar gyfer Facebook: byta Toblerone drw'r dydd a gwylio hen raglenni *Friends*.

Ffonodd e ddim. Ro'dd 'i lyged e'n dda'n tynnu llun,

delwedd yn y lle iawn, digon o flaendir, persbectif perffeth. Wedi sylwi ar rywbeth nag o'n i wedi'i weld.

Dianc o'r ogof

Am ryw reswm nodiodd y pennaeth arna i pan o'dd pawb arall yn gadel y swyddfa. Cytshodd yn dynn yn 'y mraich i wrth groesi'r hewl yn llawn o slwtsh eira.

– Ble ni'n mynd?

O fewn munud fe ddethon ni o hyd i sedde yn y Duke of Wellington ymhell oddi wrth y dynon busnes boliog wrth y bar. Taflodd 'i ffeil blastig ar y gader ac archebu diod, wisgi i fi (y dras Wyddelig) a rỳm iddi hi.

Eisteddodd. – Shwd a'th hi?

– Ddim yn ffôl.

– Gwed y gwir. Gwenodd.– 'Na pam wnes i ofyn i ti ofalu am Sara ... mam ddibriod, heb sgilie cymdeithasol.

– Her.

– Iesu, ma'n dwym fan hyn. Tynnodd 'i chot. – O's gobeth i ni, Deirdre? Optimist fuest ti erio'd.

Codes i'n sgwydde. Gormod o ddŵr hefyd yn y wisgi.

– Ni'n trial gwella'u bywyde nhw a ... fi'n gorfod cyfiawnhau coste i fwbach tu ôl desg yn Neuadd y Ddinas. Un arall? Ishe rhywbeth i dwymo'r corff.

– Yn goffod pyrnu bwyd.

– Pam ti mor drefnus? Cododd. – Os 'wy'n cofio, ma'r safle bws ar bwys y stadiwm. Dere.

Esgyrn Dafydd, fel arfer ma' wisgi'n para ugen munud. Ro'dd yr eira'n dadleth ar y pafin ar yr Ais.

– Beth allwn ni neud i helpu Sara?

– Paratoi amserlen, ddim yn llym neu bydd hi'n cico yn erbyn y tresi.

– A ti?

– Fi?

Trw'r arcêd i Heol yr Eglwys Fair. Yn Stryd y Cei ro'dd rhes hir o geir tu fas i'r maes parcio amrylawr.

Cytshodd yn 'y mraich i 'to. – Paid camddyall, withe ti fel merch yng nghefen y dosbarth yn ofan ca'l 'i chosbi.

– Ti'n meddwl?

– 'Wy'n gwbod. Er mwyn creu ymddiriedeth, ti'n goffod –

– Closio?

Cyrhaeddon ni'r safle bws.

– Wel, wel, shgwla. Na, tu fas i'r dafarn, yn sefyll i rywun. I bwy ma' fe'n debyg?

– Dim clem.

– Liam Neeson. 'Na wastraff. Trodd ata i. – Ti'n bert, Deirdre, ond erio'd wedi priodi.

– Dy fws yn dod.

– Paid hala gormod o arian.

– Diolch am y wisgi.

* * *

Pam na sylwes i? Fe all 'y mhrofiad i helpu Sara. Fe wnes i briodi unweth, unweth yn ddigon. Y mis mêl yn yr Eidal, ynys Capri, fe fel gŵr bonheddig am wthnos gyfan, yn agor dryse. Wrth edrych yn ôl, wnes i roi'r cyfan iddo fe. Flwyddyn wedyn, symud i Gyrdydd, llithrodd y masg. Plis, dim rhagor, yr olygfa fel fideo yn 'y mhen:

Wedi golchi'r llestri ddwyweth. Fe'n hwyr, dim neges, dim yw dim. Drws ffrynt yn agor, dim llais.

– Bwyd yn barod, cig eidon, dy ffefryn di.

– Nes 'mla'n.

– Ond ...

Pan yw'n tynnu'i got, 'wy'n troi 'moch yn barod ond ma' fe'n rhedeg lan y stâr. 'Wy'n troi'r teledu 'mla'n, eitem am gwmni yn Shir Gâr, yn gwerthu siocled i'r Dwyrain Pell. 'Rôl hanner awr 'wy'n gweiddi o waelod y stâr. – Ron?

Dim ateb.

Yn y fyfyrgell ma' fe o fla'n y sgrin. – Ti'n gall?

– Cer i fyta dy fwyd, cariad.

– Wedi llosgi, gobitho.

– Beth sy'n bod?

– Wyth deg punt ar ffrog newydd?

– Priodas Tanya, ffrind gore.

– Wedi mynd â dy lyfyr siecie di. Paid gwenu, ti'n briod nawr.

Yn y cyntedd 'wy'n gwisgo 'nghot law werdd.

Fe'n rhedeg lawr y stâr. – Ble ti'n mynd?

– Yn y car.

Fe'n cytsho yn yr allwedd ar y ford fach.

– Beth ti'n neud? Gad fi fod.

– Tipyn o sbort.

– Na, paid.

'I lyged fel dur. – Dy ddyletswydd di, Deirdre, dyletswydd.

Fe dries i bopeth, stecen, colur, pinafal, y whydd o dan 'y llyged yn para am ddyddie.

* * *

'Co fi fel hen beiriant torri glaswellt sy wedi bod yn y sied yn hir. Yn gryndo ar *Women's Hour*, eitem am sgilie cwnselydd. O'n i'n mynd i neud dyshgled o de ond ... Cydweithwyr yn gweud 'mod i'n dda, yn gryndo ar bobol erill yn achwyn, yn ymateb. Ond 'wy byth yn mynegi 'nheimlade i, hyd yn o'd tu fas i'r gwaith. Fel lifft yn jamo rhwng dou lawr.

Faint o'r gloch yw hi? Rhy gynnar ... gobitho bod y wisgi'n llyfnhau ymylon miniog yr atgofion. Fydd dyn byth yn cyffwrdd yndo i 'to. Trodd bysedd hudol, cariadus ar ynys Capri yn bawen. Beth o'dd yn mynd drw'i ben e? Y mochyn, y pethe mwya ffiedd yn ein tŷ newydd ni ym Mhontcanna.

Af fi ddim i'r gwaith fory. Twll.

* * *

Naw o'r gloch, larwm yn canu. Y dyddie hyn 'wy'n goffod ca'l rheswm i adel y gwely. Wrth lwc, popeth wedi'i gynllunio y noson gynt, yn darllen yr amserlen mewn beiro coch wrth lymeitian sudd oren a byta tost. Siaced achub 'rôl rhoi'r gore i'r tabledi.

Yn y ganolfan hamdden ma' Ted tu ôl i'r cownter yn cynnig allwedd locer. – Beth ti'n neud heno?

– Pam?

– 'Wy'n whech deg o'd a'n ffrindie i gyd yn marw.

– Dysgu camp newydd? Ca'l gwared ar rwystredigaethe?

Edrych ar y cloc. Am ddeg fe fydda i'n stwytho yn y stafell newid cyn defnyddio'r peiriant seiclo am hanner awr ac oefad am hanner awr arall. Slaco'r cordyn tyn yn y meddwl. Yn well heddi, dim llawer o gwmpas. Un bore, y gampfa'n llawn o bensiynwyr, rhai bregus yn ymarfer yn wyllt.

'Na ni, chwarter wedi un ar ddeg, yn sychu'n hunan 'rôl cawod, yr un ore erio'd, esgus 'mod i o dan sgwd hir, twym ger Môr y Canoldir gyda dyn du. Yn y drych 'y nghorff i ddim yn ffôl. Gyda llaw, wedi newid yr ewyllys, 'y nghorff i ar gyfer ymchwil meddygol. Gwisgo. Wedi gadel rhywbeth ar ôl? Na. Wel, wel, rhywun yn y coridor, o'r cefen yn debyg iddo fe. Af fi hibo, gwenu. Na, llyged hwn yn frown, nage glas, 'i drwyn e'n Rhufeinig, 'i wefuse'n llawnach.

Sefyll yn hir wrth y safle bws. Cadw i fynd sy'n bwysig,

pido llithro'n ôl i'r ogof. Ti'n gwbod beth yw'r ofan mwya? Organ yn canu'n araf, bron neb yn y gwasaneth angladd, pum deg o daflenni wedi'u hargraffu. Ficer yn stiff fel pren yn rhoi teyrnged, yn gwbod dim.

Paid bod yn gas i dy hunan er, walle, 'mod i'n haeddu hyn.

Cais arbennig

Hanner dydd, troi yn y gwely, dim hast, Una ddim 'nôl tan dri 'rôl clau stafello'dd gwesty yng nghanol y ddinas. Damo, cymydog yn 'yn hala i dwmlo'n euog, yn llifo co'd.

Rhythodd Lee ar y papur wal llwyd. Dewis rhywbeth gwell tro nesa. O leia ro'dd priodi'n golygu'i fod e wedi dengyd. Yn yr ysgol yn Nhrelái ro'dd wedi whare triwant, herio athrawon yn y dosbarth, gollwng 'u teiars i lawr. Pan gas e'i ddiarddel siaradodd 'i dad â stiward yn y clwb o'dd yn nabod rheolwr y felin bapur. 'I dad wedi brolio cymint am ddyfodol 'i fab nes bod pawb yn 'i osgoi e wrth y bar.

Ro'dd y newyddion wedi dod ar fore o wanwyn. Yn lle cico sodle, Lee wedi bod am dro i Goedwig Glan Elái a phan dda'th e'n ôl ro'dd amlen heb 'i hagor ar ford y lobi. Cydiodd ynddi.

– Well iti bido, medde'i fam.

– 'Yn enw i ar yr amlen.

– Ti'n nabod dy dad.

'I dad 'nôl am hanner awr wedi pump, yn mynd lan stâr, ymolch a newid, y seremoni ddyddiol.

– Gwynto'n ffein, Mary, medde fe wrth fynd miwn i'r gegin.

– Ffowlyn.

Trodd at 'i fab. – Wel?

Agorodd Lee'r amlen.

– Newyddion da?

– Ddim yn dyall.

– Pobol ddim yn mynegi'u hunen yn glir y dyddie hyn, medde'i fam.

Cytshodd y tad yn y llythyr ac edrych ar 'i fab.

– Gan bwyll, Stan, medde'i wraig. – Fe wna'th 'i ore, lot yn trial, siŵr o fod.

Fydde Lee ddim yn anghofio, plygu lawr yn y sied, 'i dad yn tynnu'i felt. – Ti'n a-no-beith-iol. Ergyd i bob sillaf.

* * *

Gan fod mam Una'n dost symudon nhw i Felffast. Dau neu dri o Drelái wedi ca'l gwaith yn y docie.

Saith o'r gloch nos Sadwrn, bron neb yn y bar cefen, pawb yn gwylio'r rygbi yn y bar ffrynt. Eisteddai dyn ar stôl, pumdege, llond pen o wallt gwyn, cyrliog, llyged dwys. – Tywydd yn gwella.

– Hen bryd, medde Lee.

– Dyn dierth?

– Arian yn brin.

– Nhw'n tynnu'r perfedd mas, ffatri'n cau bob wthnos. Peint?

– Yn drifo.

Da'th y dyn draw, cro'n garw ar 'i wyneb. – Moyn ennill cwpwl o bunne?

– Gwerthu catalog? Dim diolch.

– Mwy heriol.

– Wel ... faint?

Dododd y dyn 'i fys ar 'i wefuse. – Gei di ddim dy siomi.

– Pam fi? medde Lee.

– Ni'n dy nabod di, yn nabod teulu dy wraig. Gwenodd, dant ar goll yn y rhes isa.

* * *

Y cyfarfod i fod mewn maes parcio tu ôl i'r Falls Road am hanner awr wedi saith. Fel y bedd. O'r diwedd car yn cyrredd, Renault coch. Dyn yn agor y gist, pumdege, het fel Maigret.

– Ble ddiawl ti wedi bod?

– Nadolig Llawen. Ciw yn y garej, pobol yn becso am yr argyfwng olew. Tynnodd mas becyn wedi'i lapio mewn papur brown. – Anrheg i rywun. Edrychodd o gwmpas. – Paid gollwng hi. Tynnodd ddarn o bapur o'i got. – Dyma'r cyfeiriad. Iawn? Rho'r pecyn yn y sied, bydd drws cefen yr ardd ar agor.

– Jôc?

– Os wyt ti wedi newid dy feddwl –

– Nagw, medde Lee.

– Bydd yn ffrwydro miwn hanner awr, digon o amser.

– Wedodd e ddim byd –

– Wedodd dy fod ti'n ddewr, yn egwyddorol.

– Wel ...

– 'Na ni 'te. Glaswenodd.

Y clocie wedi troi'n ôl, yn tywyllu'n gynt. Dyrnodd Lee'r olwyn lywio, tagfa ar yr hewl fawr i gyfeiriad y tŷ. Trodd bedair gwaith i lawr hewlydd ochor, bron pawb wedi ca'l yr un syniad. Yn y diwedd parciodd ar hewl yn arwain at hen ffatri. Neb o gwmpas. Cerddodd i'r gwli tu ôl i'r tŷ, chwarter awr i fynd. Cytshodd yn nolen y drws cefen ac anadlu ana'l o ryddhad. Clywodd ddrws yn cau, lleisie'n agosáu a rhedodd a chwato tu ôl sgip, gan ddala'r pecyn fel 'se hi'n fâs yn werth miliyne o bunne.

– Paid bod yn hwyr, medde'r tad. – Naw o'r gloch. Acen Cyrdydd?

– Ond Dad ...

– 'Na ddigon.

Da'th y ddau i'r golwg, y ferch, gwallt gole, sgert fer, a'r tad. Pwy ddiawl? Gwallt cochlyd, cyrliog heb wynnu, ddim yn siŵr, yn debyg i Tom Ackland gas y gansen pan o'dd Lee ar fai, dwgyd cemegion o'r labordy. Y bore 'ny yn yr iard ro'dd Tom wedi gwenu a gweud: Dim problem, arnat ti ffafr i fi.

Y car fel hen löwr, yn tano'r trydydd tro. Gyrru a gyrru, troi cornel, cryts yn stopo whare pêl-dro'd, yn cilo i'r pafin, yn codi dyrne. O'r diwedd, breciodd, cytsho yn y pecyn, 'i gario'n dyner, gan gadw golwg ar y llwybyr lle o'dd cerrig mawr a bach. Lle delfrydol, meddyliodd, gadel y pecyn ganllath o'r hewl, hen safle fel chwarel. Arwydd yn gweud Perygl, Cadwch Draw. Rhedodd 'nôl fel y felltith.

Yn y cefndir ro'dd rhes o dai, goleuade'n cynnu. Fe fydde teuluo'dd yn setlo lawr i wylio *Morecambe and Wise*. Beth o'dd yn mynd trw feddwl y dyn yn y bar a'i gyd-aelode? Prawf o'dd hwn. Yn rhyfedd, ro'dd Lee'n ddiolchgar, ias mor brin ag aur yn raso trw'i wythienne. Plygodd tu ôl i'r car. Ffrwydrodd y bom. Neb o gwmpas. A'th miwn i'r car, troi'r nobyn ac eistedd 'nôl yn y sedd. Beth fydde fe'n gweud wrth y dyn yn y bar?

'Rôl i'r llwch gliro addasodd y sedd, tano'r injan a sylwi bod beic pinc merch wedi ei adel ar y pafin ochor draw.

Stafell dywyll

Fel arfer, y diwrnod yn dechre am bedwar y prynhawn. Bydd hi'n ffono heno am saith a'r dewis fydd gryndo arni hi'n achwyn neu adel i'r peiriant adel neges: Neb ar ga'l ar hyn o bryd. 'Na beth sy ishe yw torth, heb ga'l pryd deche ers diwrnod. Pipo trw'r ffenest, yn pisho lawr, yr hewl yn wag. Walle y mentra i nes 'mla'n os yw hi'n slaco. Troi'r cyfrifiadur 'mla'n, gêm fideo newydd, 'yn llyged i'n drwm, whare tan dri y bore.

* * *

Saith ar 'i ben. – Pwy sy 'na?

   – Pwy ti'n 'feddwl?

   – Hylô, Mam.

   – Lot o fenwod yn ffono?

   – Mwy na beth ti'n 'feddwl.

   – Hen bryd bod ti'n setlo lawr.

   – Mam ...

Ro'dd menyw unweth. Nos Sadwrn, yn lle mynd o gwmpas tafarne cenol y dre, City Arms, Old Arcade, Cottage, es i lawr i'r docie. Menyw ifanc, gwallt gole, hir, ar ymyl yr hewl yn gofyn o'n i'n moyn cwmni. Fe gymres i dr'eni arni hi, mynd 'nôl i'w fflat, stafell heb bapur wal ond ... dim digon o ymdrech ... Wrth wisgo 'nhrwser, cofio'r athro Cymrâg yn gweud – Pa fodd y cwymp y cedyrn. Gadel pum punt ar 'i bord hi, gwobor gysur.

   – Ti 'na o hyd?

   – Odw, Mam.

   – Y fflat yn daclus?

   – Ody. (Yn well nag o'dd hi.)

– Digon o awyr iach? Hyn fel llenwi holiadur. – Fi yw dy fam.

Eitem ar y radio yr wthnos hon am grwt, dwy fam, dwy briodas, yn cyfadde bod un fam yn hen ddigon. – Yr esgid yn gwasgu.

– Yr un peth i bawb, cofia. O's ishe rhywbeth?

Y llynedd goffes i adel, 'i chysgod hi ymhobman. Es i rywle gant tri deg milltir bant. Ddim yn hollol rydd, yn goffod byw ar wyth punt y diwrnod. 'Wy'n cynnu mwgyn, yn hwthu'r mwg ar y cwpan ar y ford. Yn yr hen ddyddie, hwthu mwg ar ferch yn golygu dy fod ti'n ffansïo hi.

– Ti'n dawel.

– Fi?

– Ti'n smoco? Ych a fi, afiach. Cofio Wncwl John? Wedi goffod mynd i gartre yn y Bermo. Tr'eni.

– Pam?

– Saeson.

– Fel 'na mae. Esgusoda fi.

'Wy'n codi, yn agor ffenest, yr aer yn ô'r, defnyddio rhicyn cynta cliced y ffenest. Wrth gered 'nôl, sylwi ar y drych. Fel drychioleth, pen wedi'i siafo, sbectol gwaelod pot jam, y crwt ysgol o'dd yn mynd i gytsho yn y byd gerfydd 'i war.

– Wthnos nesa?

– Pryd?

– Ddim yn gwbod 'to. Pam?

– 'Wy'n fishi.

– O's menyw 'da ti?

Menyw yn y fflat islaw, nyrs o Bacistan, angel fach, yn gwenu bob tro, hyd yn o'd ar ddiwedd shifft. Ges i sgwrs 'da hi wthnos dwetha ar y landin 'rôl mynd i'r siop. Wedodd hi bod y fideos ddim yn rhy uchel yn y nos. Yr allwedd yn 'i llaw hi am ddwy funud. Anodd gwbod beth i' neud, gwên hyfryd ddim yn golygu dere i'r gwely.

Mam yn peswch fel diacon cyn cyhoeddi. – 'Wy'n becso.

– Dim ishe.

– Ti'n dri deg ... wnei di ddim altro.

Os yw rhywun yn drist, y walydd bron dechre cau miwn. Dim hwyl yn amal, twmlo'n swrth, moyn sefyll yn y fflat. Wedyn mwy o dristwch.

– Shwd ma'r llunie? 'I llais hi wedi codi.

– Pwy lunie?

– Tynnu llunie o hyd?

– Nagw.

'I llais hi'n galetach. – Wedodd y darlithydd ...

– Do.

– Tr'eni, y coleg, dim ond mish. Hi'n gweud hyn bob tro.

– Mam, y myfyrwyr erill yn ... wahanol.

Chadwick o'dd 'i enw, yr un â'r barf a'r meddwl miniog. Fe alwodd fi miwn i'w stafell am bump 'rôl dwy ddarlith olynol a gofyn: Ti o ddifri neu ti'n ddall? Ddim yn siŵr beth i' weud. Wedodd e fod ishe meithrin dawn neu fe fydde hi'n marw. – Trobwynt yw hwn, medde fe – y dyfodol yn dy ddylo di.

Yr un wthnos cas Dad 'i gladdu. Ddim yn canolbwyntio, medde Mam, wastod yn breuddwydo. Ar yr M4, gwrthdrawiad, mynd trw'r ffenest fla'n. Es i ddim i'r angladd. O hynny 'mla'n es i miwn i stafell dywyll.

– Ti'n hoffi'r dre?

– Pentre, Mam.

– Cer i'r cwrdd.

– Dim capel Cymrâg. Yn Lloeger.

– Yn gweld ishe ti.

– A fi.

– Cymer bwyll.

Pipo trw'r llenni, y glaw wedi stopo, gwisgo 'nghot. Yr ysgol fach, y dafarn wedi cau ond hon ar agor bob dydd o saith y bore tan un ar ddeg y nos, yr unig ole ynghanol rhes hir, dywyll.

– Wedi bod yn cwato? medd Ali.

– Gwylie, meddaf i, gan edrych ar y llawr.

– Rhywle neis?

– Blackpool. (O'n i fod i fynd, canslo ar y funud ola.)

– Ddim yn ddewis da. Fe'n clymu pentwr o bapure'n dynn. – Ti'n ifanc, ddylet ti fynd yn bellach.

– *New Statesman*?

– Pob un wedi mynd. Unrhyw beth arall? Yn pwynto at y shilff ucha. – Llunie rhein yn well.

– Dim diolch.

– Ddim yn lico merched?

– Ma'n nhw'n ... iawn.

Fe'n cario'r pentwr i'r drws. – Fflat yn iawn?

– Fel y boi.

– Yn briod?

– Dim 'to.

– Rhywbeth ar y gweill?

– Fwy neu lai.

– Yn dawel fan hyn rhwng saith ac wyth. Dere draw, sgwrs fach. Yn cyffwrdd â'n ysgwydd. – Cofia.

Wedi troi'n ô'r, y gaea'n dod, nesáu at y bloc o fflatie sy fel bola buwch. Yn twmlo'n well 'rôl troi'r switsh 'mla'n yn y stafell. Y radio'n gwmni withe, clywed diwedd y newyddion:

Hunanladdiad oedd dyfarniad y crwner ... roedd y dyn yn bedwar deg ac yn byw mewn fflat ar ei ben ei hun.

Fydd hi ddim fel hyn: y diwedd mewn fflat, fideos ar shilff lychlyd, canie o dan soffa, blwch llwch yn llawn sigaréts. Ma' ishe byw breuddwyd. Gad dy ddwli, hwpa'r gryno-ddisg miwn i'r slot. 'Na ni, mentro i fyd gwahanol, y marchog yn cyrredd gwlad estron, hanner awr i ladd y ddraig.

O dan bwyse

Y tro hwn neb yn dihuno Beti yn y bore, neb yn dod â dyshgled o de. Gwichia'i phenglinie wrth gered lawr y stâr ac yn y gegin ma' hi'n agor drws y cefen, ym mis Tachwedd. Ma' hi'n ishte'n araf wrth y ford, rhywbeth yn crynhoi ers misho'dd. Ma' hi'n edrych ar y rhes o go'd derw ar ymyl y parc. Angen i rywun 'u cwympo nhw cyn bo hir. Ar y wal ma' llun ohonyn nhw ar 'u mish mêl, ar gwch modur yn Swydd Ceri, fe'n cytsho yn y llyw, hi'n cytsho yn ymyl y bad. Fe o'dd yn achub y bla'n, hyd yn o'd yn y gwely.

Fe fydde'r gwir wedi bod yn ormod. Pam cadw'r llun? I'w hatgoffa hi o'r hyn alle fod. Y manylion wedi'u claddu yng nghefen 'i meddwl, 'i gŵr wedi bod yn gweithio orie hir yn y ffatri, ddim yn gallu newid shifft ar y funud ola, yn gwitho prynhawn ar ben-blwydd 'u priodas. Ugen mlynedd. Hi wedi trefnu syrpréis, bwco bord yn 'i hoff dŷ byta Eidalaidd yn Nhreganna. Er mwyn codi'i chalon ro'dd Linda, 'i ffrind gore, wedi gwahodd Beti i fynd i Lerpwl am y penwythnos, i siopa.

Hyn ar 'i meddwl hi wrth ddala'r bws i genol y ddinas. 'Rôl camu ar y pafin yr ochor draw i'r castell ma' hi'n twmlo'n wag ynghanol torfeydd bore Sadwrn. Yn cilo o'r sŵn, cered lawr Hewl y Frenhines a throi i'r dde, hibo Marks a Spencer. Ma'n troi i'r dde ar waelod yr hewl hibo'r ganolfan gynghori. Angen cyngor ar y staff, stori yn y papur newydd am weithwyr o dan bwyse.

Yr wythnos cyn i Beti ymddeol ro'dd wedi derbyn e-bost yn y gwaith: Allwn ni gwrdda'n syth? Er 'i bod hi'n gweithio ar y wefan fyw, cododd. 'Se rhywun yn gofyn, fe fydde hi wedi gweud 'i bod yn mynd i'r tŷ bach. Yng nghornel y ffreutur ro'dd Jim, 'i gorff fel wharaewr rygbi, 'i wyneb fel y galchen.

– Iawn?

– Beth ti'n 'feddwl? Y mwnci 'na wrth 'i fodd.

– Dominic.

– Yn dadlwytho stwff arna i ... bob munud ... beth alla i neud? Dagre yn 'i lyged.

– Cer gartre. Pan weli di'r meddyg cofia weud taw'r gwaith sy'n achosi hyn.

– Beth amdano fe?

– Gad popeth i fi.

Ro'dd Dominic yn y stafell newyddion wrth 'i ddesg fel brenin, yn isolygu stori. – Diwrnod braf.

– Fe alle hi fod yn well.

– Problem?

– Dim ond bod Jim ddim yn hwylus.

– Dim 'to? Diolch am yr wybodeth, medde fe heb godi'i ben.

Wel, meddyliodd Beti, 'se rhywun yn meddwl 'u bod nhw'n gwitho mewn diwydiant cyfathrebu. Difaru wna'th hi 'rôl ymddeol. Ati hi ro'dd pawb wedi dod am gyngor am ddeg mlynedd ac, er yr holl gnec, ro'dd hi wedi mwynhau neud gwahanieth i fywyde pobol. Ble'r a'th y fenyw hon? Wedi llithro'n ôl fel bws lawr tyle, rhywun heb dynnu'r brêc llaw.

* * *

Pum munud i fynd, gwisgo'n glou, heb glywed y larwm. Beti'n cribo'i gwallt cyn edrych yn y drych, ddim yn ffôl, top coch, glân 'fyd. Dim brecwast 'to, ddim yn moyn i fenyw swrth y dderbynfa wenu'n hunanfodlon. Yn cyrredd â'i gwynt yn 'i dwrn. – Doctor James, plis.

– Miwn â chi.

Tri arall yn ishte'n barod, i gyd yn hen. Y stafell wedi newid, cylchgrone lliwgar ar y ford fach, sgrin negeseuon enfawr ar y wal *for your benefit*. Hi'n falch 'i bod hi wedi dod. Pylie ers wthnos, 'i stwmog fel dillad yn troi mewn peiriant golchi.

– Ble ti'n mynd? medd menyw'r dderbynfa.

Beti'n pwynto at 'i ffôn symudol. Yn cered hibo neuadd y pentre ac ar yr hewl fawr y ceir yn rhuo, bws yn bwldagu.

* * *

Swper wedi'i fyta, y teledu wedi'i ddiffodd, Beti'n ishte yn y gegin, yn edrych ar y llun o'r ddau ohonyn nhw, yr heulwen ar 'u hwynebe. Yn cofio'r sgwrs rhwng 'i gŵr a'r capten:

– Pwy ffordd y'n ni'n mynd?

– Ma' hynny'n dibynnu.

– Shwd le yw'r ynys?

– Dŵr o'i chwmpas.

Y stafell yn tywyllu a hi'n sownd yn 'i chader esmwth, yn meddwl am y daith i Lerpwl. Yn y nos fe geson nhw fwyd mewn tŷ byta Eidalaidd, fel ishte ar drên bach, bron dim lle i estyn 'u coese. Dou ddyn, gyrhaeddodd yn hwyr, wedi gofyn a allen nhw ishte wrth yr un ford.

– Dim problem, medde Linda.

– Linda!

– Gad dy gonan.

Ro'dd y dyn ochor draw i Linda'n gwerthu ceir, fel pwll y môr, ond yr un ochor draw iddi hi – Albanwr – yn swil fel hi.

– Moyn blasu tamed? medde'r Albanwr pan o'dd yn byta'i gwrs cynta.

– Wel ...

– Sbesial.

Pesychodd Beti a llyncu hanner gwydred o ddŵr. Teimlai'i boche'n cochi.

– Chi wedi bod i Albert Dock? medde'r Albanwr.

Edrychodd y ddwy ar ei gilydd.

– Yn werth mynd, amgueddfeydd ...

– Y ddwy hyn yn whilo am fargen, medde'r gwerthwr ceir. – Ga i weud bod dy ffrog di'n drawiadol.

– Diolch, medde Linda.

Y crafwr, meddyliodd Beti.

Ar y ffordd 'nôl ro'dd llety gwely a brecwast y dynion.

– Diferyn o wisgi neu fodca? medde'r gwerthwr ceir.

– Dim diolch, medde Beti – gwely'n gynnar.

– Dim ond y gore, medde'r gwerthwr ceir.

– Paid bod yn anghymdeithasol, medde Linda.

Amneidiodd yr Albanwr.

Ro'dd hi'n gwawrio pan ddihunodd Beti a gwisgo yn y stafell ddierth. Y gole'n rhyfedd a'r Albanwr yn anadlu'n rheoledd fel 'se dim wedi digwydd. Yn y cyntedd, cyn agor y drws yn dawel, ro'dd poster lliwgar, Dewch i Lerpwl, ymweliad bythgofiadwy.

Yn y gegin ma' hi'n codi, yn troi'r gole 'mla'n. Ar y ford ma' taflen â'r pennawd Gwireddwch eich Potensial, manylion cyrsie o bob math, Ffrangeg, Ioga, Ysgrifennu Creadigol. Beth am roi cynnig arni? Y cofrestru'n dechre wthnos nesa.

O dan y llun, ble ma'r wal yn cwrdd â'r llawr, ma' darn o bapur wal wedi dod yn rhydd. Y tro cynta iddi sylwi. Estyn 'i llaw. Oddi tano ma'r pren yn frown a gronynne ar 'i wyneb. Pry yn y pren alle dreiddio i bob man.

Yr awyr yn troi'n inc

Ar garreg y drws Mam yn 'y nghofleidio i ddwyweth o fewn hanner munud. – Amser gore dy fywyd. 'I llyged yn dwrhau.

– 'Wy yn dod 'nôl.

Dad sy'n drifo.

– Gan bwyll, ti'n mynd yn rhy glou.

– Ti'n moyn cyrredd mewn pryd.

– Ddim mewn cader olwyn.

Dad yn troi a gwenu. Newyddiadurwr, yn gallu siarad ag unrhyw un, ca'l gwybodeth o bobol ddierth heb iddyn nhw sylweddoli. Mam wedi gweud bod ni'n debyg. Pan o'n i'n wyth wedodd e na ddylen i siarad â phobol ddierth ar yr hewl a'r ateb o'dd 'i fod e'n neud hyn wastod.

– Pa gwrs?

– Heb benderfynu.

– Ffrangeg, siŵr o fod.

– Ddim yn siŵr.

Goleuade'n troi'n goch. – Ysgol galed, ysgol profiad.

– Arwyddair d'yrfa di?

– Beth?

– Dim.

Y car yn dod i stop tu fas i'r Orsaf Ganolog. Dad yn tynnu'r cês o'r gist, un gusan glou, codi llaw a bant â fe. Fel 'se fe'n drifo car 'rôl i ladron ddwgyd o fanc. O'n i'n meddwl y bydde fe'n cario'r cês, yn 'yn hebrwng i i'r platfform. Neges gynnil, o hyn 'mla'n 'wy ar ben 'yn hunan.

Cyrredd mewn pump awr, diwedd y lein, a phawb arall fesul dau neu dri ar y platfform. Criw o ferched swnllyd yn mynd miwn i gaffi ochor draw i'r stesion. Pan 'wy'n cered i mewn pawb yn stopo siarad. Yn gollwng 'y nghês ar ben y pentwr yn y gornel, yn archebu coffi du ac yn twmlo'u bod nhw'n rhythu arna i. Draw â fi at y ford wrth y ffenest, y cwpan yn siglo ar y soser.

– Rhywun yn ishte fan hyn? 'Yn enw i yw Penelope.

– 'Na enw, medd merch â gwallt du fel y frân.

– Nofelydd o'r enw Penelope Fitzgerald.

– Pwy?

Yn trial gwenu ar bawb.

– Pa ysgol?

– Cathays, Cyrdydd.

– Un o'r *bourgeois kids*. Hi'n adwar 'yn acen. Maen nhw'n gweud bod yr argraff gynta'n bwysig. 'Wy'n casáu hon yn barod. Y coffi bron â llosgi 'nhafod.

Hi'n gwgu ac yn troi at 'i ffrindie. Staenie stwbwrn ar y ford.

– Ble ti'n aros? medd merch â gwallt gole, hir.

– Penglais.

Pawb yn edrych ar 'i gilydd.

– Ymhell o bob man, medd y Gwallt Du. – Bydd ishe lifft sgïo yn y gaea. Pawb yn wherthin.

– Esgusodwch fi. Pam 'wy mor gwrtais?

Ciosg yr ochor draw i'r hewl. Gwynt pisho.

– Wedi cyrredd yn saff?

– Odw, Mam. 'Wy'n clywed diod yn ca'l 'i harllws. Hanner dydd. Yn gynnar?

– Popeth gyda ti?

Sieri, siŵr o fod. – Popeth.

– Wedi cwrdd â ffrindie?

– Croeso mawr.

– Dy dad a fi'n falch iawn. Paid bod yn ddierth.

Heb sôn wrth neb, unigrwydd yn 'i brathu.

* * *

117

Posteri lliwgar ar wal y stafell wely, Joni Mitchell, Linda Ronstadt, ond 'y mywyd i'n llwyd. Yn y diwedd, fe fydd pawb yn 'y ngollwng i. Digwyddodd hyn yn y cwad bore 'ma:

– Dere i ga'l coffi ar ôl y ddarlith.

– Yn goffod mynd i'r undeb.

– Noson dda nithwr, grŵp ffantastig. Un arall heno ...

– Sboner yn dod.

Heb ga'l sboner, heb ga'l cusan iawn, dim ond Vince 'rôl twmpath yng Nghanolfan yr Urdd yn Heol Conwy, yn erbyn wal yn y tywyllwch, yn trial hwpo'i law i bobman.

* * *

Mam yn gweud bod 'yn llais i'n swno'n bell ar y ffôn. Y galwade'n brinnach, fel 'y nhraethode i. Diwedd y tymor yr wthnos nesa, man a man i fi fentro. 'Na ni, darlith naw wedi dod i ben, Cymrâg Canol, mor fflat â 'mronne i. Codi'r ffeil, codi llaw ar y lleill, dim ots os y'n nhw'n edrych ar 'i gilydd.

Fe fydd e'n mynd i'r siop sigaréts cyn mynd i'w swyddfa ar yr ail lawr. Gwasgu'r botwm, dala'r lifft, neb o'r dosbarth o gwmpas, yn haws na beth o'n i'n 'feddwl. Lle i ishte tu fas, mainc. Trempyn yn ishte ar un fel hon yng nghanol Cyrdydd, ar bwys yr Hen Lyfrgell, yn trial lladd amser. Barf hir, gwyn, yn smoco stwmpyn. 'Co'r tiwtor yn dod, yn smoco Gauloise.

– Sori.

– Pwyllgor, dwi'n hwyr.

– Pidwch becso.

Yn whilo am 'i allwedd. – Yn bersonol neu'n academaidd?

– Beth?

Yn agor y drws. – Y testun trafod.

– Wel ...

– Modd gohirio? Fe'n cytsho mewn ffeil lwyd, drwchus.

– Fydda i fan hyn rhwng pump a chwech. Iawn?

– Diolch.

* * *

Tra 'mod i'n gorwedd ar 'y ngwely, ma' hi fel y bedd yn y neuadd breswyl. Wedi dwsto er bod dim ishe, wedi golchi blows newydd, wedi trial cwpla traethawd ar Morgan Llwyd. Wedodd y darlithydd ... y gamp, tynnu'r llinynne ynghyd.

Digon ar feddwl y tiwtor, yn bump ar hugen o'd, wedi heneiddio cyn 'i amser. Ishe fe garco'i hunan, cered, loncan neu redeg. Y cam mwya anodd yw agor y drws ffrynt, meddan nhw. Bob tro 'wy'n 'i weld e ma' fe'n wyn fel y galchen. Ishe mam arno fe. Daw cyfle 'to, 'wy'n siŵr. Mor dawel fan hyn nes bo' fi'n cloi'r drws.

* * *

Nos Fercher, wedi mentro lawr y tyle i'r dre, yn fwy swnllyd, nage'r gwylanod ond y tîm rygbi wedi ennill. Car mini'n mynd fel Jehu, rhywun yn canu corn. Rhai dynon mor ewn eleni, yn enwedig o Gaernarfon. Y car yn arafu, bron mynd ar y pafin, crwt yn hwpo'i ben mas. – Ti isho lifft, del? Wnawn ni edrych ar dy ôl di. Yn gwenu ar 'i ffrindie.

'Wy'n cofio ymadrodd Wendy o Sir Fôn yn Wythnos y Glas. – Dos i chwara efo dy nain.

– Slag.

'I ffrindie'n wherthin ar 'i ben e, y car yn hyrddio 'mla'n i Dduw a ŵyr ble. Cer yn dy fla'n, ferch, paid cymryd sylw. Gyda'r dynon, medd Wendy, ti'n goffod whare gêm, er enghraifft, gweud wrth fochyn 'i fod e'n werth y byd.

Yr ochor arall i'r dre ma'r cei, neb yn mynd yno, 'y meddylie'n troi fel gwylanod. Fe allen i fod ar ynys anghyfannedd. Y gwynt yn codi, 'y nghot i'n rhy dene. Hanner awr yn ôl dim cwmwl, ond erbyn hyn yr awyr yn troi'n inc. Y tonne'n cynhyrfu. Crafange? Na, fel 'sen nhw'n estyn 'u dwylo.

Rhy agos at y ffin

Ma'n anodd darllen y papur newydd. Y dwpsen, heb droi'r gole mawr 'mla'n. Y ffôn yn canu, deg y nos. Newyddion drwg?

Llais Ann. – Ti heb fynd i'r gwely 'te. Criw'r coleg yn y Mochyn Du fore Sadwrn. Cwrdd â ni cyn y gêm?

– 'So i'n credu.

– Pam?

– Fi a Mam yn siopa. Hwyl. Yn Glasgow bydd Mam a Dad, ble ethon nhw ar 'u mish mêl.

Neges destun am saith nos Sadwrn: Ble yffarn wyt ti? O'r Pen and Wig, ddim yn bell o genol y dre ond, fel arfer, ddim yn orlawn ar ddiwrnod gêm. Cyrhaeddes i'n hwyr, y bws cynta wedi mynd hibo, y gyrrwr yn codi'i ysgwydde.

Eisteddai Ann yn y gornel.

– Ar ben dy hunan bach?

– Un arall, medde hi. – Fodca, dwbwl.

– Faint ti wedi ca'l?

– Dim digon. Mwgyn yn 'i cheg, ddim yn smoco fel arfer.

Pyrnes i sudd oren.

– Wedi troi'n efengylwr?

– Cadw golwg ar y geiniog. A shwd wyt ti?

– Rob newydd gwpla 'da fi.

– Tr'eni.

Cododd 'i gwydyr. – Bywyd yn rhy fyr. 'Wy'n whilo am ddyn. Trodd dau gefnogwr rygbi wrth y bar a chodi'u gwydre.

Fe ddechreuodd Ann a fi sôn am ddyddie coleg, yr hwyl yn y neuadd.

– Hefina?

– Barcelona, yn dysgu, medde Ann. – Ddaw hi ddim
'nôl.

– Mair?

– Yn Llunden, yn gwitho i gylchgrawn ffasiwn.

– A heno?

– Cwrdd â Sian, Elliw, Nia am naw yn Ten Feet Tall, os
cyrhaeddwn ni.

Diflannodd hi i'r tŷ bach am amser hir. Es i hibo'r bar,
un o'r ddau, dyn meddw o Fangor, yn trial cyffwrdd â
'mronne i. – Y mwnci.

– Dwi'n hoffi merch â thân yn ei bol.

– Cer i grafu.

– Sbort, cariad.

Hwpes i fe nes 'i fod e'n cwmpo oddi ar 'i stôl.

Lawr llawr sychodd Ann 'i gwefuse ac edrych yn y
drych. – 'Na welliant.

– Wedi byta?

– Mars bar.

– Ti'n iawn, o'dd archeoleg ddim yn radd gall.

– Beth am ailhyfforddi? medde Ann. – Ers pryd?

– Heb ddyn?

– Heb jobyn.

– Naw mish ... rhywun yn dechre ame.

– Dere, ni'n gwastraffu amser.

Ro'dd hanner y cwsmeried wedi gadel a'r barman yn
casglu pentwr o wydre.

– Ma'n galed, medde Ann.

– Dim syniad 'da neb.

Caledodd 'i llyged hi. – Yn y coleg o'n ni wastod ... yn
onest 'da'n gilydd. Ti'n cofio?

– Wrth gwrs 'ny.

– Wel?

Codes i 'ngwydyr. – Iechyd da.

Cododd 'i haelie. – Ti byth yn ffono, byth yn hala tecst.

Codes i a mynd i'r bar, pyrnu jin dwbwl i'n hunan a fodca sengl i Ann. Oedi cyn cered 'nôl. Pan gyrheddes i'r gornel ro'dd hi'n cysgu fel hoelen.

* * *

Ddechre mis Ebrill cyrhaeddodd amlen frown, ailddarllen y llythyr wrth fyta uwd yn araf. Jôc? Ann, siŵr o fod, ond o'dd hi na neb arall yn gwbod am y cyfweliad yn y Gwasaneth Sifil. Ailddarllen y geirie:

Llongyfarchiadau, fe fyddwch yn dechrau wythnos i ddydd Llun ac yn codi pàs am naw yn y dderbynfa.

Arllws mêl ar yr uwd. Wel, wel, fe alle hyn olygu fflat newydd, mynd i Efrog Newydd, yn fwy na dim pido danto pawb gyda straeon am lythyron gwrthod. Siapa dy stwmps, ferch, cer i ga'l cawod glou cyn dala'r bws, i genol y ddinas i brynu'r ffrog las ti wastod wedi ffansïo yn ffenest Next yn Hewl y Frenhines. Walle y byddi di'n cwrdd â dyn ifanc yn y gwaith, rhoi syrpréis i dy fam sy wedi rhoi'r gore i obeithio ers ache. Beth wedodd hi'r wythnos diwetha? – Digon o ddynon i' ga'l.

– Mor anaeddfed, Mam.

– Edrych ar dy dad.

* * *

Prynhawn Sul, yn sychu carped coch y stafell fyw lle o'dd coffi wedi syrnu. Pan godes i'n sydyn fe ges i lo's, pen tost ofnadw. Erbyn i'r staff ambiwlans gyrredd, o'n i ar 'y mhenglinie. Yn yr ysbyty pedwar neu bump o nyrsys a doctoried o gwmpas y gwely.

– Ti'n iawn? medde nyrs o India'r Gorllewin.

Nodies i, yn twmlo fel ffowlyn wedi'i glymu.

– Ti'n mynd i sbyty arall. Paid becso, ti wedi ca'l gwaedlif.

Pam bod cymint o dylle ar yr hewl rhwng Llantrisant a Chaerdydd? Yr ambiwlans yn siglo fel meddwyn.

Yn yr ysbyty nesa y meddyg tal yn debyg i Gareth Bale – Ma' angen llawdriniaeth ond –

– Ie?

– Ni'n anelu at ryddhau pwyse'r hylif a'r gwa'd ar yr ymennydd.

– A?

Gafaelodd yn dynn yn 'y mraich i. – Ma'n bosib y bydd strôc neu barlysu. Gwenodd.

– Gwna beth sy ore.

Y nos yn hir. Pam fi? Heb smoco o gwbwl, heb yfed – wel, dim lot. Pam fi? Withe'n mynd mas nos Sadwrn ond byth yn mynd dros ben llestri. Yn y coleg ar y dechre o'n i'n arfer sgrifennu traethawd nos Sadwrn cyn i bawb arall, yn enwedig Ann, weud 'mod i ddim yn gall. Iesu, odw i'n agos at y dibyn?

Rhwng cwsg ac effro am bedwar y bore, yr amser gwaetha, meddan nhw, digwyddodd rhywbeth. Yn swno'n rhyfedd. Fel 'se rhywbeth yn 'y nghofleidio i, rhywbeth mawr fel y Môr Tawel, gole'n ca'l ei blygu, siâp gwreichion. Fydd neb yn credu hyn. Fel y llonyddwch ar ein hewlydd ni ar ddiwrnod angladd Diana, hanner cant o withe'n fwy.

O'n i'n fyw o hyd rywsut, yn arnofio. Fe benderfynes i ddod 'nôl. Paid gofyn pam.

* * *

Bythewnos wedi mynd hibo, rhes o gardie ar y shilff ben tân. Y rheolwr, Mr Jacobs, yn ffono bob bore Gwener, 'i lais fel Laurence Olivier yn gweud bod dim hast i fynd 'nôl.

Ddim yn neud sens. Bum mlynedd 'nôl yn Llunden ffrwydrodd bom, bloc swyddfeydd fel paffiwr wedi colli pob dant. Mewn siop fferyllydd o'n i hanner canllath bant. Rhai wedi marw, dwsine wedi'u hanafu. Pam bod Duw yn gadel i hyn ddigwydd?

Ond os o'dd y stafell yn dywyll am sbel, ma'r llenni wedi agor a'r gole'n boddi'r celfi.

Halen ar y briw

– O'n i'n becso, medde Maggie, wrth blygu 'mla'n.

– Ma'n anodd, medde Luned, – ti'n byw ar ben dy hunan. Ond miwn cyd-destun, hwn i gyd fel pisho dryw yn y môr.

Gwenodd Maggie. Y ddwy yng nghaffi'r Orsaf Ganolog, trên Maggie'n mynd miwn pum munud i Rymni. Luned wedi cytuno i ga'l sgwrs 'rôl y gynhadledd.

– 'Wy'n moyn bod fel ti, medde Maggie. – Gaf i ofyn cwestiwn? O ble ma'r egni'n dod?

Cilwenodd Luned.

– Diolch. Wela i di yn y swyddfa ddydd Llun.

Cododd Luned 'i llaw. – Mwynha dy hunan tra bod ti'n ddibriod.

Eisteddai dyn cenol o'd yn y gornel, newydd ollwng rhywbeth ar y llawr. Heb siafo ers dyddie.

Plygodd Luned. – Chi bie hwn. Llun o'dd e. Gan fod y dyn yn crynu a'th hi at y cownter, prynu coffi arall. – Yfwch hwn.

Edrychodd y weinyddes yn hurt arni.

Syrnodd y dyn hanner y coffi ar y llawr cyn dodi'r cwpan ar y ford.

– Llun o'r mab? medde hi.

– Na, fi. Dododd y llun yn 'i boced. – Chi'n briod? Dylech chi fod.

Cerddodd hi lan y grisie i Blatfform 6. Pawb fel penwaig yn yr halen yn y cerbyd a safai hi wrth ochor dyn tua'r un oedran, canol o'd, yn dal, gwallt gole, llyged glas. Gwenodd hi arno. Trodd at ei bapur, y *Telegraph*. Stop arall, y Waun Ddyfal, myfyriwr yn sefyll rhyngddyn nhw, yn gadel yn Llandaf.

Ro'dd tishan y dyn yn uchel. – Esgusodwch fi. Cododd 'i ben.

– Nished ar y llawr.

Plygodd i lawr, gan edrych ar y papur o hyd.

– Anarferol.

Nodiodd y dyn.

– Anrheg?

– Menyw yn Llydaw, os o's rhaid i chi wbod. Tynnodd feiro o'i boced.

– Lle braf.

– Bwrw glaw am wthnos. Trodd at 'i groesair.

– Dyn syml neu gryptig?

– Tipyn o'r ddou.

– Cliw yw hwnna? Byddwch yn garcus, pido gweud gormod.

Sylwodd 'i bod hi'n edrych ar 'i fysedd. – Gair i gall, pidwch twyllo'ch hunan. Agorodd y dryse, camodd ar y platfform yn Radur. Yn 'i got hir, ddu fe gerddai fel sbïwr yn *Tinker Taylor Soldier Spy*.

Cyrredd Ffynnon Taf, y Co-op amdani, pryd parod. Dim pwynt coginio, neb arall yn ishte wrth y ford. Fe fydde hi'n gryndo ar ddrama'r prynhawn ar Radio 4, *Aros am Wyrth*. Gwisgodd 'i het clustie mawr, y dyddie'n byrhau. Yn mhwll 'i stwmog fe deimlai wacter o'dd yn wahanol i newyn.

*   *   *

Penwthnos yn Llunden, Maggie'n ffaelu dod, ffliw. Wedi penderfynu mynd i'r sinema, un avant–garde yn Soho. Y fenyw yn y swyddfa docynne wedi edrych yn rhyfedd arna i, ddim yn siŵr pam, walle achos 'mod i ar ben 'yn hunan neu'r lipstic yn llachar. Y plot yn ddiflas, yn felodramatig ond wedi dysgu ychydig o ymadroddion Eidaleg, nage rhai wrth gyfarch rheolwr y gwesty yn Napoli.

Gadel y sinema am hanner awr wedi naw. Dyn mewn het Trilby'n trial darllen map ar wal ond graffiti melyn drosto fe i gyd. – Nosweth dda, ble mae'r Tiwb agosa?

– Dim ond canllath. Dilynwch fi.

– Oes ots?

– Dim o gwbwl. 'I Sisneg yn dda ond 'i acen rywle o ddwyren Ewrop.

– Mwynhau'r ffilm?

– Ffaelu stopo'n hunan wherthin.

– Cwestiyne mawr, o dan yr wyneb. Cytshodd yn 'y mraich i. – Gaf i fanylu?

– Dwi'n gorfod mynd.

– Colli cyfle. Chi'n edrych yn ddeallus.

Siwt binstreip ond sgitshe brown, mochedd. Gwên garedig ond dannedd rhy dda, rhyw obsesiwn yn 'i lyged. Walle 'mod i'n rhy sensitif. Ar y platfform eisteddes i rhwng dou ddyn cydnerth, dynon tân neu swyddogion carchar. Dim sôn am y dyn arall. Walle'i fod e'n whilo am fenyw shengil arall sy angen colli pwyse.

Nos Sul, dala'r Megabus 'nôl i Gyrdydd, breuddwyd y penwthnos yn whalu, ishte wrth ochor dyn tew heb ymolch, yn byta bisgedi a Maltesers drwy gydol y daith. Am chwarter wedi deg fe gyrhaeddes i 'nôl cyn dala'r trên. Dim byd fel cartre, fflat ô'r, drewdod o'r tŷ bach, llwch ar ben y shilff ben tân.

Wedi mynd i'r gwely'n gynnar, yn edrych 'mla'n at lyfyr Mills and Boon. Darllen tair tudalen, diffodd y gole, yr amser gwaetha. Rwtîn yn help, dihuno am hanner awr wedi whech yn y bore, clywed y trên cynta, edrych fel drychioleth yn y drych. Ond mewn mish neu ddou fydd rhywun arall yn y gwely hwn o dan y cwilt newydd â'i ben yn gorwedd ar y glustog drwchus?

Ife fi ...? Hyn fel llygoden fawr yn cnoi gwaelod drws y gegin. Dwi'n swmpo, wedi pesgi fel ffowlyn cyn Nadolig, digon i neud gwahanieth. Alla i sorto hyn ond un peth yn bendant, wnaf i ddim cwrdd â Mistyr Delfrydol yn Weight Watchers ... Rhywun rywle yn moyn 'y nghorff i, 'yn feddwl i. Fyddan nhw fel y rhai a'th i'r Clondeic, yn cloddio'n hir heb ddod o hyd i aur.

Lleisie tu fas, dou'n dod 'nôl o'r clwb rygbi, withe ma' iaith y bobol ifanc yn wa'th na'r un yn y ffilm.

– 'Na ddigon, medd y fenyw ifanc.
– Fi ar fai.
– Yn gwmws. Wnei di sefyll gyda fi heno?
– Wastod.

Noson ramantus, halen ar y briw.

Trên yn dod miwn

Bron heb ga'l 'yn ana'l 'nôl, mynd o dŷ teras yn y Rhath i Lunden, sŵn y traffig, wep metron, milwyr America'n cynnig pyrnu te i ni mewn caffi yn Regent Street.

– Ddim yn dyall, medde Mam y noson ola, 'i choese hi ar led o fla'n y tân.

– Moyn gweld y byd.

– Dy gewyn newydd fynd o dy ben-ôl di.

Hales i sbel i ddod yn gyfarwdd â'r shifftie. Nos Wener, naw o'r gloch, y nyrsys yn gwenu, metron wedi diflannu.

– Shwd ti'n twmlo? medd Pegi.

– Fel clwtyn llestri.

– Ishe ni neud ymdrech.

– Beth?

– Dianc o'r carchar, byw.

Daw'r brif nyrs draw, tipyn o feddwl ar hon. – Hi'n moyn dy weld ti.

– Nawr?

– Yn syth. Bydd yn garcus, ddim yn 'i hwylie gore.

– Pob lwc, medd Pegi.

'I swyddfa hi ar ddiwedd y coridor ar y trydydd llawr. Cnoco'r drws.

– Ie? Llais fel ffeil yn crafu metel.

Ddim yn gofyn i fi ishte. 'I gwisg hi'n rhy dynn am 'i chenol, 'i boche'n esgyrnog, y llenni'n llwyd.

– Ennill tir, Miss Lloyd? Rhaid i mi gyfadde, amheuon ar y dechre.

– Wel ....

– Cwyn wedi dod.

– Pwy, Miss?

– Y cwbwl alla i weud yw ein bod ni'n ymchwilio.

– Gyda phob parch, shwd alla i amddiffyn 'yn hunan?

– Daw cyfle. Hi'n edrych ar y ffeil. – Y cyfnod prawf ar fin dod i ben.

– Ody, Miss.

– Wel? Ma'r safone'n uchel ac nid pawb sy'n addas. 'Na ddigon. Ma'n bosib bod eich llyged llo'n swyno ambell i filwr ond rhaid i fi lynu at y ffeithie. Hi'n codi a chered tu ôl i fi fel arholwr.

– Rwy'n deall bod y nyrsys wedi dewis cynrychiolydd. 'Wy'n nodio.

– Cofiwch sianelu eich holl egni i'r cyfeiriad iawn. Dyna'r cyfan.

Cyn agor y drws trof yn ôl, camgymeriad. – A'r cam nesa, Miss?

– Yn dibynnu arnoch chi.

Fe dda'th Pegi a fi'n ôl yn orie mân y bore, drws ffrynt y llety o oes Fictoria ar glo ond ffenest fach yn y cefen ar agor.

– Paid cymryd sylw ohoni hi, medde Pegi.

– Esgyrn Dafydd, 'wy wedi rhwygo rhywbeth.

– Ond 'i chalon hi yn y lle iawn.

– Beth ddiawl o'dd yn y jin ola?

Y ddwy ohonon ni'n wherthin fel merched ysgol.

* * *

Yn y sinema yn Abertawe, Pathé News yn gweud bod y llanw'n troi, Rommel yn cilo yng Ngogledd Affrica. Fi a Pegi wedi symud i ysbyty newydd yn Nhreforys.

Un prynhawn, Dr Davies yn codi llaw o fla'n y dderbynfa. – Dwy funud?

Yn edrych ar 'yn watsh. – Dechre shifft mewn pum munud.

Miwn â ni i'w swyddfa. Fe yn ei dridege ond heb briodi, 'i wyneb fel Trevor Howard yn *Brief Encounter*.
– Eistedda. Setlo'n iawn?

– Gobitho.

– Beth am Brif Nyrs Wilkinson?

– Wel ...

Fe'n gwenu. – Hyn yn gyfrinachol.

– Byth yn gwenu.

Y doctor yn symud 'i gadair yn nes. – Problem?

– Dim.

– Rhybudd?

– Ambell waith, dim byd mawr, yn gweud 'mod i'n ddidoreth.

– Bydd yn garcus.

'Wy'n codi, yn mynd at y drws.

– Ma' hi am dy wa'd di. Ddim yn gwbod pam ond ti'n boblogedd, yn siarad Cymrâg ... yn bert.

– Well i fi fynd. Yn cytsho ym mwlyn y drws.

– Gyda llaw, y trên yn dod miwn fory.

– Agoriad llyged, meddan nhw.

– Shwd o'dd Llunden?

– Weles i gyrff.

– Y cyrff hyn yn fyw. Pob lwc.

Ar hast ar hyd y coridor, yn pipo miwn drych, yn falch, pob blewyn yn 'i le. Dans nos Sadwrn.

* * *

Y trên wedi gadel Southampton am dri y prynhawn ac yn cyrredd am hanner nos. Diwedd y daith i rai. Yn y gampfa metron yn gwenu, y tro cynta erio'd, a'r doctoried yn 'u croesawu nhw, yn cynnig cawl cennin a thoc o fara. Americanwyr yw'r rhan fwya, yn ddu a gwyn. Yn syth 'wy'n 'i weld e yn y gornel, 'i lyged yn ddigon, 'i sgrechen fel tân wy'n goffod 'i ddiffodd. Yn penderfynu'i hwpo miwn i stafell ochor.

– Angen help? medd metron, sy'n sefyll wrth y drws. Dr Davies yn sibrwd yn 'i chlust.

Dim ffenest yn y stafell, gwynt trymedd wrth i fi drial dadwneud y rhwymyn.

– Beth ti'n neud?

– Yn y dwylo gore.

– Odw i?

Ar ôl hanner munud 'wy'n edrych i lawr ar 'i wyneb.

– Paid.

– Ma'n flin 'da fi.

– Yr un hen gân ... beth yw'r ots? Pan af i adre ... bydd Mam yn gweud ... Nid fy mab i yw hwn.

– Hwn yn helpu. Yn rhoi'r brechiad Penisilin, yr un nesa mewn pump awr, yn nodi'r manylion ar garden felen.

– Dy lyged di ... beth alla' i weud? Fe'n troi'i ben.

Ar ddiwedd y shifft wedi blino'n lân, yn mynd 'nôl i'r llety. Pegi wedi mynd, shifft fore. Dim whant bwyd arna i, yn gorwedd ar ddi-hun am sbel. O ble da'th hwn? Twmlad rhyfedd, heb ga'l hwn o'r bla'n, fel bad yn newid cwrs ynghanol taith.

Paid gadel i hwn farw, rho reswm iddo fyw.

Clwb Nadolig

Cytsho mewn llun ar shilff wrth ddwsto, llun o'r pedwardege, 'i gwallt hi'n donnog fel Rita Hayworth. O'n i'n moyn bod fel ti, Mam, wnei di fadde? Yn y prynhawn penderfynu mynd draw i'r tŷ ym Mhen-y-lan, byd arall, pafin glân, co'd deiliog. Pan agoraf y glwyd, rhywun yn croesi'r hewl.

– Heb weld chi o'r blaen, medd hi.

– Merch Mrs Jones, Dora.

– Yr ardd ffrynt, os na sylwoch chi, yn tyfu'n wyllt.

Troi cefen, cau'r glwyd.

– Ni'n poeni am werth ein tai, medd hi. – Pryd oedd yr angladd?

– 2008.

– Amser hir.

Pwy yw hon yn stwffo'i phig miwn? I miwn â fi i'r tŷ trillawr, gwynt yn y cyntedd yn troi arna i, fel anifel wedi trigo. Yng nghwpwrde seld y stafell genol ma' pentwr o ffeilie ond, yn gynta, yn goffod ca'l gwared ar lwch y celfi, shilfo'dd ffenest, y carped glas. Yn blino erbyn hanner dydd, yfed coffi, gwylio'r teledu, eitem am y ffasiwn ddiweddara ym Mharis. Diffodd y set, gormod o gleber wast.

Cytsho yn y ffeil dop, hwthu'r llwch bant, darllen y teitl, Clwb Nadolig, ac ynddi hi wyt ti, Mam, wedi nodi pob cyfraniad wythnosol ar gyfer y clwb a phrisie anrhegion plant. Yn fanwl fel y pletiad yn dy sgyrt di. Shwd dest ti i ben â phopeth? Yn enwedig 'rôl i'r gŵr annw'l dy adel di wedi i'r plentyn cynta ga'l 'i eni. Amseru da, wedi cwrdd â menyw ifanc, dwym un noson yn y Barri. Ond fe lwyddest ti, gwau i bobol erill, golchi a smwddo, hyd yn o'd dillad y postman, hen lanc yn byw ochor draw.

* * *

Pwl o gydwybod, mynd i'r fynwent, ddim yn Sul y Blode. Y gwynt yn hwthu o gyfeiriad y dwyren, yn gwasgaru torche. Cliro'r hen flode, 'u twlu nhw yn y bin.

– Yn ddigon oer i sythu brain.

O ble da'th hwn, dyn tal, mwstásh milwrol?

– Syrpréis? Ymddiheuriade.

– Popeth yn iawn.

– Tri deg o'dd hi.

– Eich gwraig.

– Newydd ga'l ffortiwn, ewyllys 'i mam.

– Bywyd yn rhyfedd.

– Llecyn braf, fan hyn yn yr haul.

– Well i fi fynd, ddim yn gyfarwydd ...

Fe'n cytsho yn 'y mraich i. – Wnaf i eich hebrwng chi i'r maes parcio, os yw hynny'n iawn. Chi byth yn gwybod. Ym Manceinion, dynion diogelwch yn y fynwent ...

– Ddim fel ni.

Wrth y car fe'n cusanu 'y moch i'n ysgawn. – Gobeithio y bydd gweddill y diwrnod yn well. Yn codi'i het. Gŵr bonheddig, dim llawer ar ôl yn y Tyllgoed.

Pan af i'n ôl ma' llythyr tu ôl y drws, ddim yn moyn 'i agor e, yn nabod y sgrifen anniben. Lleisie yn 'y mhen i fel bwmbeilis yn pwno drws. Fe ddewn nhw ynghanol y nos, bygwth torri ffenestri ... Fi ar fai, mincyd arian i dalu bilie, y llog tu hwnt i reswm.

* * *

135

'Y mys i'n crynu wrth ymbincio. Dim gormod, neu fe fydd fel colur Wimpey. Y tro cynta, Elin yn sefyll gyda'i ffrind yn Nhrelái. Pan ffones i'r cwmni, llais menyw fel iâ ar waelod gwydyr ond fe ges i gyfarwyddiade.

Ar y bws sylwi ar arwydd: Peidiwch denu sylw'r gyrrwr oni bai bod rheswm da.

– Yn y diwedd, rhywun yn siarad â'i hunan, medd y gyrrwr.

– Chi'n siarad 'da fi?

– Rhywun arall?

'Wy'n gwenu.

– Pwy yw'r dyn lwcus? Bydd yn garcus, Cyrdydd fel sw ar nos Sadwrn.

Cyrredd y gwesty ynghanol y ddinas. Goleuade llachar, cysgodion hir. Pare'n ciwio i fynd miwn i neuadd y gwesty, gwledd briodas.

– Stafell 363.

Golwg ar 'i hwyneb hi.

– Cyf-ar-fod rhyw-un yn Yst-af-ell 363.

– A, medd hi, gan estyn yr allwedd.

– Pa wlad?

– Gwlad Pwyl, madam. Tŷ bwyta ar agor tan naw.

– Dim diolch.

– Bwydlen newydd, bwyd sbeislyd.

Sefyll am y lifft. Gobitho na wela i neb o'r rhieni. Yr esgus? Cwrdda hen ffrind ysgol, cymint i' drafod. Y lifft yn codi'n araf, cyrredd y trydydd llawr, edrych dros 'yn ysgwydd i. Gofala di neu bydd y Bwci Bo ar dy ôl di, medd Mam yn 'y mhen. Cnoco, dim ateb, agor y drws. Dora, beth ti'n neud? Ti'n siŵr? 'Na le yw hwn, staenie gwyn ar y cyrtens, olion sigaréts wedi'u diffodd ar y ford.

Pum munud yn mynd hibo, drws yn agor. – Fydda i

ddim yn hir, medd llais yn y stafell arall wrth i fi orwedd a syllu ar lun siâp calon.

'I gorff yn ô'r tu ôl i fi yn y gwely, rhywbeth yn pigo ar 'yn ysgwydd. Troi ato, y dyn â'r mwstásh.

– 'Na beth yw syrpréis ...

Ddim mor gwrtais y tro hwn, 'wy'n cau popeth mas.

– Diolch, medd e ar y diwedd, gan adel arian ar y ford fach. Hen deip, bresys coch, gwyn a glas.

Y fenyw o Wlad Pwyl yn gwgu arna i wrth i fi roi'r allwedd 'nôl. – Unrhyw beth arall, madam?

'Na ddigon. Y gwynt yn fain tu fas, tri chefnogwr rygbi'n cerdded ata i. – Dere 'ma, blodyn, medd un. – Wnaf i gadw ti'n dwym.

'Wy'n rhedeg i'r safle bws wrth y castell. Goleuade llachar, cysgodion hir, yr ochor draw.

Yr un gyrrwr ar y ffordd 'nôl, yn whibanu 'I've Got You Under My Skin'. Cyrredd Pont Treganna. – Beth ddigwyddodd? Dy wyneb di.

– Paid drifo mor glou, plis.

Cyrredd adre, cawod hir. Sŵn y dŵr yn uchel, ddim yn diffodd y llais yn 'y mhen. Wnei di fadde, Mam? Y pen draw sy'n bwysig, gwên Elin ar fore Nadolig. Gobitho bydd hi ddim yn rhwygo'i pharsel ar agor.

Gole ar ddiwedd twnnel

Y syniad yn troi ym mhen Alun wrth agor drws 'i gar. Beth 'se'n digwydd 'se fe ddim yn dod 'nôl i'r tŷ yn Ystum Taf heno?

Wthnos ola mis Mawrth, bron diwedd y flwyddyn ariannol, y swyddfa yn y bae fel cwch gwenyn. Am ddeg fe welodd y rheolwr yn y coridor.

– Iawn?

– Fel y boi, medde Alun.

– Cofia, 'y nrws i ar agor wastod.

Gwenodd Alun, y rheolwr byth yn 'i swyddfa. A'th 'nôl at 'i ddesg, sylwi ar e-bost newydd, ailddarllen y neges yn araf:

Rydyn ni'n nabod ein gilydd ers ugain mlynedd ac wedi bod yn onest, gobeithio, gyda'n gilydd.

Y gwir yw hyn, 'mod i'n poeni na fydd y prosiect yn barod. Dwi ddim yn siŵr beth yw'r rheswm ond, os na fydd y sefyllfa'n gwella o fewn diwrnod, bydd pwysau ar bawb a bydd yn rhaid mynd â'r mater ymhellach ...

Cododd Alun, mynd i'r tŷ bach, llenwi'r sinc, twlu dŵr dros 'i wyneb.

Da'th gofalwr i miwn. – Yffarn o beth, cyrredd gwaith heb ga'l amser i ymolch. Gwenodd, edrych o gwmpas cyn gadel.

Edrychodd Alun yn y drych, yn fwy gwelw nag erio'd. 'Nôl ag e at 'i ddesg.

– Mr Evans.

– Lisa.

– Ffona Dan Donnelly. Ar unweth.

– Dim problem.

Fel arfer, fe fydde sgwrs ragarweiniol am 'u teuluo'dd gan fod merched y ddou yn yr un brifysgol, Warwick.

– Contractwyr newydd gyrredd, medde Dan.

– Yn falch o glywed.

– Ofynnon ni am ugen.

– Do.

– Deg wedi dod.

– Ond –

– Ni ar 'i hôl hi.

Clic sydyn ar y ffôn, bron fel poerad yn 'i wyneb. Y noson honno gadawodd y swyddfa am saith yn lle whech.

– Nos da, medde'r dyn diogelwch yn y cyntedd. Bob nos ro'dd Alun wedi nodio'n ôl a gwenu, nage'r tro hwn. Ar y grisie sylwodd fod tair neges oddi wrth 'i wraig ar y ffôn. Yn lle mynd i'r maes parcio trodd i'r whith, i gyfeiriad y Packet.

– Peint o wherw, plis.

– Dim problem, medde'r fenyw ifanc, fronnog.

– A wisgi.

– Hwyl yn y gwaith?

Fe dda'th o hyd i sedd yn y gornel, criw o fenwod ifanc wrth y ford nesa'n cawcian. Dim lle arall i ishte.

– Fe ges i alwad i fynd i swyddfa'r pennaeth, medde menyw â gwallt wedi'i liwio'n goch. – Bydd yn ofalus, medde Mei Lord, – funud yn hwyr y bore 'ma. Safone'n bwysig. A grefi ar ei dei. Chwarddodd y menwod.

Ffonodd Alun 'i wraig cyn cyrredd y maes parcio. Dim ateb. Gadawodd neges, cyfarfod hwyr. Pan stopodd wrth oleuade yn Llandaf sylwodd ar boster: Cyn marw rhaid gwylio'r sioe hon. Pan gyrhaeddodd adre ro'dd y ffowlyn wedi llosgi yn y ffwrn a'i wraig wedi mynd i wers ioga.

Bore Gwener cododd yn gynt, goffod mynd â'r car i ga'l prawf MOT. Yn y gwaith ro'dd 'i ddesg yng nghanol y swyddfa ond teimlai ar wahân, neb yn dod i ga'l sgwrs, neb ond Lisa a'i sylwade:

– 'Co'r ffeil berthnasol, Mr Evans, cofia'r cyfarfod prynhawn, cofia'r alwad ffôn. Unweth wedodd hi – Noson fowr nithwr? Paracetamol 'da fi.

Yn y ffreutur eisteddai yn y gornel ymhell o griw o'dd yn wherthin, yn rhannu jôcs. Ro'dd hyn wedi digwydd yn amal ers wthnos a rhai'n dechre clecan. Da'th Sean y gweinydd i gasglu plât gwag ar y ford. – Paid becso, fydd e byth yn digwydd.

– Beth?

– 'Wy'n moyn i'r cwsmer fod yn hapus. Gadawodd heb sychu staenie sôs coch ar y ford.

Ar y trên ro'dd meddylie Alun i gyd yn mynd i'r un cyfeiriad.

– Ti 'nôl yn gynnar, medde'i wraig.

– 'Na lwc, ife?

– Diwrnod da?

– Yr un cwestiwn bob tro.

– Beth dwi i fod i' weud? Taw ni yw'r cwpwl delfrydol? Glased o win?

– Na.

– Mae'n nos Wener. Alla i dy ddarllen di fel llyfyr.

– Ble a'th y dirgelwch?

– Pa ddirgelwch?

– Yn ein bywyd ni.

– Wnei di ddim cyfadde, y mwlsyn, dy fod ti'n mynd o fla'n gofid, yn becso am ddydd Llun yn barod.

Safai yn y cyntedd yn 'i got fawr ddu, newydd, fel actor wedi'i rewi ar sgrin stafell olygu.

* * *

Rhybudd am law trwm o ddeg y nos tan ddeg y bore. Diffoddodd Alun y radio.

– Ti'n cysgu? medde'i wraig.

Pesychodd.

– Shwd o'dd y llyfyr?

– Y dechre'n ddiflas, y cenol yn wa'th.

– Dwi'n gwbod bod pethe'n galed.

– Na, ma'n iawn.

Cyffyrddodd hi'i ysgwydd a'i gusanu.

Yn yr hen ddyddie, meddyliodd Alun, fe fydde hyn wedi arwain at garu nwydwyllt. Trodd â'i gefen ati hi.

– O, wel, medde hi, – *Llyfr Coginio Cartref Ena* amdani.

Edrychai Alun ar y papur wal porffor. Pam nag o'dd e wedi mynd at y pennaeth? Rhag ofan y bydde fe'n 'i gyhuddo, rhag ofan y bydde'i gydweithwyr yn 'i ame. Ro'dd diswyddiade ar y gweill a fe fydde'r nesa i fynd, siŵr o fod. 'Se hynny'n digwydd, fydde'i wraig yn mynd? Dydd Llun o'dd y dyddiad cau ar gyfer y prosiect nesa a'r gwaith heb ga'l 'i neud. Caeodd 'i lyged ond y ddelwedd lenwai'i feddwl o'dd rhes o dai'n ca'l 'u whalu, un ar ôl y llall.

* * *

Bore ô'r, sych, 'i feddwl fel grisial 'rôl yr ymchwil. Gole ar ddiwedd y twnnel, meddyliodd, ond heb weud dim wrth 'i wraig. Cyn mynd i'r gwaith galwodd yn y ganolfan iechyd a gofyn am y nyrs.

– Esgusodwch fi, medde hi yng nghanol y sgwrs. – Angen tsieco'r ffeil.

O fewn deg munud da'th dou labwst miwn.

– Beth yffarn?

– Y dewis yw dod gyda ni'n wirfoddol neu bod ni'n hwpo'r rhein arnat ti, medde un o'dd yn debyg i brop Cymru, Gethin Jenkins. Daliodd y cyffion o fla'n 'i wyneb.

* * *

Duw a ŵyr pa mor agos y des i. At y dibyn. Yn y sbyty am dair wthnos, yn cysgu'r rhan fwya o'r amser, yn anghofio am y cynllun. Yn raddol fe ddes i mas o'r niwl.

Bob nos Wener y wraig a fi yn y sinema, ddim yn y rhes gefen ond yn dala dylo fel cariadon. 'Se rhywun wedi gweud y bydden i'n myfyrio bob dydd, deg munud yn y bore, deg munud yn y nos, fe fydden i wedi gweud bod slacad arno fe.

Alla i ddim newid beth ddigwyddodd ond ... 'wy wedi sgrifennu stori i'r ŵyr am grwt yn mentro lawr stâr seler laith un nosweth, 'i rieni yn y sinema. Fe'n sylweddoli bod y Bwci Bo ddim yn cwato yn y cwtsh glo, yn dysgu mwy am y tywyllwch yn 'i feddwl 'i hunan.

Whare rôl

Bywyd yn rhyfedd, y cwrs yn gyfle i'r golygydd dico bocs ar ffurflen ond yn fwy na hynny yn y diwedd.

Y diwrnod cynta, cyrhaeddes i am hanner awr wedi wyth yn lle naw. Neb yn y swyddfa, troi cyfrifiadur 'mla'n, whilo am syniade, y gader yn hen, ffaelu'i haddasu. Drws yn agor, dyn canol o'd, barfog yn dod miwn. – Llongyfarchiade. Bill, un o'r cynhyrchwyr.

– Awen, ymchwilydd. Rhywun yn ishte fan hyn?

– Dim problem. Bydd y Ddraig miwn cyn bo hir, paid cymryd sylw.

Am chwarter wedi naw da'th hi miwn, blows goch, sgyrt goch, wyneb fel talcen tŷ. Yn syth i'w stafell hi, cau'r drws. Gwenodd Bill.

– Alla i neud rhywbeth?

– Na, ma'n iawn, medde fe. – Ymlacia, tra bod cyfle.

Cyn y cyfarfod boreol da'th hi mas o'i stafell ac edrych o gwmpas.

– Hon yw Awen, medde Bill.

– O ble ti'n dod, Awen?

– Cyrdydd.

– Mam yn nyrs yn yr Ysbyty Brenhinol yn y rhyfel.

– A Mam-gu.

– Gaf i goffi, diferyn o laeth.

Cwympodd wep Bill.

– Dim problem.

Y Ddraig o'dd yn cadeirio'r cyfarfod boreol. Dim lot o ddadle a hi'n gwrthod rhai syniade'n fympwyol. Awgrymodd Bill y dylen i whilo am gynulleidfa ar gyfer rhaglen datganoli. Cytunodd y Ddraig.

Es i am dro amser cino i bentre Llandaf. Yn y coridor ar y ffordd 'nôl i'r swyddfa weles i Bill.

– Nage dy waith di yw neud coffi.

– Newydd ddechre.

– Ast yw hi, cofia.

– Dim ots.

* * *

Un prynhawn da'th y Ddraig mas o'i hystafell, pawb ond fi'n plygu'u penne tu ôl i'w sgrinie.

– O's munud 'da ti? 'I llais hi fel metel garw. Ddim yn dyall, wedi trefnu hanner cynulleidfa rhaglen, digon o gydbwysedd er bod hyn yn golygu hygrededd i griw bach o'dd ddim yn gall.

– Setlo?

– Odw, diolch.

– Dim probleme?

– Ddim yn credu.

– Os oes un, paid oedi.

Edrychodd lawr ar ddarn o bapur. – Dydd Llun ti'n mynd ar gwrs. Yn y gwaith rydyn ni'n delio â phob math o bobol a bydd y cwrs yn help. Cododd hi a rhoi pecyn gwybodeth.

– Diolch.

Erbyn whech dim ond fi a Bill o'dd yn y swyddfa.

– Dim angen iti fynd ar gwrs, medde fe.

– Ti'n sinig.

– Wedi gwitho 'da hi am bum mlynedd. Fel gwleidydd, popeth er 'i lles hi.

– Ti wedi herio hi?

– Wel ... Gwenodd. – Gad inni adel y twll hwn.

Y cwrs yng Ngwesty Dewi Sant yn y bae, yn dechre am

144

hanner awr wedi naw. Menyw â gwallt coch o Fangor gyflwynodd fi, mor hyderus fel bod dim angen iddi fod ar y cwrs. Bagles i gwpwl o withe wrth 'i chyflwyno hi, hi'n mynnu 'nghywiro i, hyd yn o'd pethe bach.

Am un ro'dd hoe am awr. Yn y tŷ bach ro'dd y tiwtor yn golchi dwylo. – Mwynhau?

– Odw.

– Ti'n rhy onest i fod yn newyddiadurwr. O'n i'n arfer bod yn frwd.

– A?

– Priodi, plant ...

Yn y prynhawn ro'dd ymarferion whare rôl. Yr un ola o'dd yr un rhyngof i a'r fenyw o Fangor ac ar ddiwedd yr ymarfer fe drodd 'i chefen arna i. Walle o'dd 'y ngwestiyne i'n rhy drylwyr. Pan adewes i'r gwesty ro'dd yr haul ar Fae Caerdydd bron yn 'y nallu ac yn y car ar y ffordd adre fe droes i'r radio 'mla'n, cymint o syniade'n troi yn 'y mhen i.

Yn y gwaith fore Llun gofynnodd y Ddraig: Sut oedd y cwrs?

– Da iawn, meddwn i, yn defnyddio geirie unsill gan ei bod hi'n dysgu Cymrâg.

Brynhawn Mercher gwenai Bill. – Dim ond wthnos i fynd ... y gynulleidfa'n barod, digon o gydbwysedd a gwesteion gwych. Diolch, cer gartre'n gynnar.

– A hi?

– Cyfarfod golygyddion drw'r dydd mewn gwesty moethus yng nghanol Cyrdydd. Bydd y talwyr trwydded wrth 'u bodde. Gyda llaw, ma' hi am iti helpu Helen i sgrifennu stori ar gyfer y gwasaneth ar-lein, un am ganlyniade ein polie piniwn.

– Dim problem.

Y diwrnod cyn darlledu ro'dd pawb ar bige'r drain. Da'th pennaeth i lawr o'r trydydd llawr a rhoi llond pen i'r Ddraig.

– Bydd yn garcus, medde Bill. – Hi byth ar fai.

Cerddai o gwmpas 'i desg cyn galw cynhyrchydd ac ymchwilydd miwn. Pan adawodd yr ymchwilydd ro'dd hi yn 'i dagre. Y funud nesa safai'r Ddraig o fla'n 'y nesg i.
– Yn y swyddfa.

– O'r gore.

I miwn â fi i ffau'r llewod. Caeodd hi'r drws yn glatsh ac eistedd yn frenhinol. – Gwarth.

– Wela i.

– Dyna'r broblem, dwyt ti ddim.

Estynnodd hi ddarn o bapur, y stori ar-lein, yr un o'dd Helen wedi dechre sgrifennu. Pwyntodd at y frawddeg gynta, gwall teipo. – Beth ff.. yw hwn?

– Wel, ie. Llyged pawb yn y swyddfa arna i, yn llawn trueni. Rywsut cliriodd y niwl yn 'y meddwl i. Codes i, edrych lawr arni hi, y llais yn crynu. – Dwi'n mynd i adel, dod miwn 'to, fel ailsaethu golygfa ffilm. Iawn?

'I cheg ar agor.

Cau'r drws, rhai yn y swyddfa'n edrych ar 'i gilydd. Anadlu'n ddwfwn, ailagor y drws. – Bore da, ma'n braf. Eisteddes i. – Cytuno?

– Ydy, Awen ...

Pwyntes i at y darn o bapur, gwenu. – Cyn pwynto bys ... hen fersiwn yw hon. Dwi'n hoffi eich siaced, yn enwedig y gwead.

– Gwead?

Hi'n edrych fel merch ysgol heb ddyall y wers.

– Gobitho ein bod yn dyall ein gilydd. Finne'n cered at y drws, 'i agor, 'i gau.

– Wel, medde Bill yn y ffreutur amser cino. – Llongyfarchiade, wedi dofi'r Ddraig.

– Cyfle iddi wella'i geirfa.

– Ond ...

– Beth?

– 'So i'n gwbod. Am ychydig eiliade, stopodd e gnoi'i gig moch. – Pwy a ŵyr? Gosteg cyn y storom ...

Wherthin yn dod i ben

'I syniad e o'dd hwn 'rôl i'r bêl goch, blastig fyrsto pan o'n ni'n whare yn y lôn gefen. Fe dda'th y wherthin i ben yn y Rhath wrth wal y rheilffordd i Gaerffili.

– Beth 'newn ni? medde Danny.

– Gwaith cartre, prawf dydd Llun.

– Babi swci mami, dilyna fi.

Danny wedi ca'l beic raso glas, anrheg pen-blwydd, tra o'n i ar ben beic Rudge fel hen gaseg. Fe gyrhaeddon ni goedwig wrth hen borthdy, ddim yn bell o bont afon Taf.

– Beth y'n ni'n whilo amdano?

– Trysor, medde Danny.

– Cnoc arnat ti.

– Walle o'dd dim amynedd 'da nhw.

– Pwy?

– Y Celtied, Rhufeinied, shipshwn. Sa di fan hyn, fydda i ddim yn hir. Pan dda'th e'n ôl ro'dd darn o bren fel cleddyf yn 'i law. – Beth sy'n bod?

– Wedi oeri, gad i ni fynd.

– Dere i'r llannerch, lle ffantastig, medde Danny.

– Ti ddim yn gall.

– Cynnu tân?

– Ond ...

– Yffach, yn well na dysgu algebra.

Fe gasglon ni frige a blocie pren o'dd tu ôl i'r porthdy. Tynnodd Danny focs matshys o boced 'i grys.

– Ti'n smoco, Danny?

– Withe.

– Dy fam yn gwbod?

– Fydde hi'n ca'l haint. Ti?

– Goffod gwishgo crys gwlanen. Pawb yn wherthin yn y stafell newid.

– Mam yn moyn i fi fod yn ddoctor. Fydda i ddim yn cyrredd tri deg.

– Pam?

– Twmlad od, 'na i gyd. Dishgwl, hwn fel tân gwidw.

– Ble ti'n mynd? Bydd yn garcus.

Aeth Danny i'r sied tu ôl i'r porthdy, agor y drws a whilmentan. – Hwrê. Fe dda'th e'n ôl â photel o hylif yn 'i law.

– Beth ...?

– Meths, paid becso, 'so i'n mynd i' yfed e.

– Rhywun yn byw yn y porthdy?

– Weles i fe unweth, dyn yn gig ac asgwrn. Fel arfer, yn dechre tanco am naw y bore.

Arllwysodd y meths. – Gewn ni sbort nawr, dishgwl. Taflodd y botel miwn i'r afon.

– Wn i ble eiff hi.

– China, medde Danny. – Bydd dyn yn hwdu 'rôl yfed y cwbwl. Gorweddodd, gwingo a dala ei fola.

– Ti'n ddrwg.

– Bywyd yn rhy fyr, ti wedi gweld y newyddion? Edrychodd ar y tân. – 'Na sbort, welest ti shwd beth erio'd?

Ein llyged ni'n glynu wrth y fflame, lliwie gwahanol yn danso'n wyllt.

– Yffarn dân.

– Ti'n iawn. Sa di fan hyn, medde Danny. – Ciosg ar bwys y ffatri. Rhedodd nerth 'i dra'd.

Ble wyt ti, Danny? Tipyn o hwyl a sbri, 'na i gyd. Y tân yn cytsho yn y co'd derw, fel tonne gwyllt. Pesychu. Dim ond gêm fach yw hi. Dere'n glou. Yn clywed sŵn gwahanol, clyche'r injan dân. Ma'n flin 'da fi, Mam, bai Danny o'dd hwn.

* * *

Wthnos wedyn ro'dd Danny yn y lôn gefen yn cico pêl las yn erbyn wal y rheilffordd.

– Ble gest ti hon?

– Rhywun wedi'i gadel hi yn iard yr ysgol.

– Dwgyd?

– Mincyd, medde Danny.

– Gaf i whare?

– Ma'n dibynnu. Cytshodd yn y bêl. – Beth ddigwyddodd?

– Wel, ddest ti ddim 'nôl.

Hwpodd e fi'n erbyn y wal. – Nage fi, y twpsyn, ti.

– Bagles i o 'na.

– Welodd rhywun ti?

– Naddo.

'I lyged yn tasgu. – Wedest ti wrth dy fam?

– Naddo.

– Neb?

Sigles i 'mhen.

Cofleidiodd fi. – Y dyfodol yn ddisgler.

* * *

Mam a Dad wedi bod yn sibrwd, yn fwy nag o'n nhw Noswyl Nadolig. Nos Sul fe ddes i miwn drw ddrws y gegin yn lle'r drws ffrynt. Y ddou'n gwylio'r teledu. Diffoddodd Dad y set.

– Newyddion, Dad, dy hoff raglen di.

Cwatodd 'i ben tu ôl i'r papur newydd.

– Starfo? medde Mam.

– Dim diolch.

Ffaelu cysgu, prawf yn y bore, cytsho yn y radio wedi'i gwato o dan y gwely. Fel arfer yn gryndo ar Radio Luxembourg ond y tro hwn yn troi'r nobyn, yn clywed yr

Arlywydd Kennedy, 'i lais e fel olwynion beic o dan grwt sy'n dysgu:

O fewn yr wythnos ddiwethaf fe gawsom ni dystiolaeth bendant fod safleoedd taflegrau'n barod ar ynys Ciwba.

Amcan y Rwsiaid, yn ôl ein dealltwriaeth, yw bod â'r gallu i ymosod ag arfau niwclear ar y Gorllewin.

Lawr y stâr â fi a gryndo wrth ddrws y stafell fyw.

– Targed? medde Mam.

– Docie yn Gyrdydd, safle arfe yn Llanisien.

– Dychmyga, dim *Home Service*, dim *Western Mail*.

– Fydd neb yn dychmygu.

Yn yr ysgol ma' Meurig wedi gweud bod rhaglen wedi bod am Hiroshima, anialwch am filltiro'dd, cyrff fel brige wedi llosgi.

'Nôl â fi i'r gwely.

– Cysga'n dawel, medde Mam wedyn wrth dynnu'r llenni.

Yn America, medde Meurig, ma' plant yn cwato dan ddesg pryd ma' larwm yn tano. Beth amdanon ni?

– Rhywbeth yn mynd i ddigwydd heno, Mam?

– Gawn ni weld, ife?

– O's e?

– Nage fi yw Madam Sera.

– Pwy?

– Menyw ar y radio, yn darllen y sêr.

Pan ddaw, medde Meurig, bydd fel naw deg lluchedyn ar draws yr awyr. Nithwr fe ges i freuddwyd, awyrenne'n bla o locustied, darne o bren yn clindarddach, y gwres yn fwy na'r tân yn y goedwig.

– Cysga'n dawel.